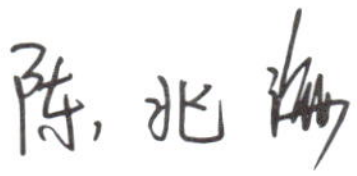

择一事终一生

匠心聚百业兴

“大国工匠人物传”丛书

陈兆海

给大国工程当『眼睛』

张鲁镭◎著

中国工人出版社

国之大者，工匠先行

——“大国工匠人物传”丛书总序

在中华全国总工会成立100周年之际，全国总工会宣传教育部、中国报告文学学会、中国工人出版社联合开展了“文艺工作者走基层”活动，推出“大国工匠人物传”丛书，向全国总工会献礼，向广大劳动者致敬！

“知者创物，巧者述之守之，世谓之工。百工之事，皆圣人之作也。”这是中国所见年代最早的关于手工业技术文献《考工记》中对工匠的记载。“工”之责在于造物，“匠”者为能工鼎识者也。

幼时，老家云南昆明大板桥的老街上，从南头到北头，都是大大小小的手艺人，木匠、石匠、焗匠、骟匠、竹篾匠、鞋匠、箍桶匠……空气中飘荡着木匠的刨花香和石匠敲打出来的粉尘，充满着焗匠手中皮带的“吱扭扭”声、骟匠刀下小猪猡的闷哼、箍桶匠皮锤不轻不重的敲击声。老街上的竹篾匠是我的一个表姨夫，他来自四川，有着一手出神入化的编造竹篾手艺。粗壮的毛竹是表姨夫手中的“百万雄兵”，在一把锋利无比的刀的指挥下，被劈成厚薄、粗细不一的篾。表姨夫的本领仅次于撒豆成兵的天神，他能化篾成物，一般家里能见到、用到的器物，他都能用竹篾编出来。母亲曾命我在老街上买一个暖水瓶的内胆，然后去表姨夫的摊位上，坐等他为暖水瓶胆编制一件竹制的外壳。那个暖水瓶至今还在我家老屋的一个角落里。竹篾壳早已被岁月包了浆，虽然久不使用，却依然油润、红亮。这便是我幼时对匠人的记忆。

五千多年的中华历史长河中，涌现出了无数能工巧匠，他们或如明月光照，或如星河璀璨。一代代薪火相传的工匠精神，不仅成就了那些流芳百世的绝世建筑与器物，更是烛照我们通向文明现代化进程的精神之光，是我们文化的自信心、民族的根与魂。

从“嫦娥”探月到“祝融”探火，从“北斗”组网到“蛟龙”深潜，从港珠澳大桥横跨三地到大兴国际机场凤凰腾飞……这些挺起中华民族脊梁的大国重器、世纪工程背后，无不凝聚着万千工匠的心血和汗水，映照着工匠们孜孜以求、拼搏奋进的身影。

本套丛书收录的是全国总工会历年评选出的大国工匠

的人物传记。他们当中有焊接高铁的“工人院士”李万君、打破国外高端设备维修垄断的王树军、让中国锻件立于世界之巅的刘伯鸣、“人刀合一”的顶级钳工李凯军、在高空“穿针引线”的竺士杰、油田里的创新能手刘丽、了不起的“钢铁裁缝”艾爱国、数控机床上的“雕刻师”孟维、让三星堆文物“活”起来的郭汉中……他们有的是传统加工业的锻造者，为了突破技术瓶颈精益求精；有的是新兴制造业的探路者，为了实现精密制造巧思妙想；有的是军工行业的铸剑者，为了打造国之重器默默坚守；有的是民间手工艺的守护者，为了传承非遗文化精雕细琢……他们奋战在国防军工、装备制造、传统工艺等行业的第一线，以久久为功的钻研和创新，造就了一个个传奇。

这些杰出的工匠，尽管行业不同、岗位不一，成长经历各异，但他们都有着爱党爱国、敬业奉献、创新争先的优秀品质。他们耐得住清贫与寂寞，用灵巧的双手和精湛的技艺，数十年如一日地在平凡的岗位上雕琢自己心中的梦想，以实际行动诠释着“执着专注、精益求精、一丝不苟、追求卓越”的工匠精神。“天下大事，必作于细。”工匠精神既是中华民族技艺世代传承的价值理念，又是中国开启新征程，从制造业大国迈向制造业强国的时代需要。

“大国工匠是我们中华民族大厦的基石、栋梁。”2024年3月5日，习近平总书记参加十四届全国人大二次会议江苏代表团审议时强调“树立工匠精神”，指出“没有金刚钻，揽不了瓷器活”，要“把第一线的大国工匠一批一批培养出来”。党的十八大以来，习近平总书记对建设高素质劳动大军高度重视，强调“当代工人不仅要有力量，还要有智慧、有技术，能发明、会创新，以实际行动奏响时代主旋律”，深刻阐述工匠精神“执着专注、精益求精、一丝不苟、追求卓越”的内涵要义，号召全社会弘扬工匠精神，“为全面建设社会主义现代化国家、实现中华民族伟大复兴的中国梦提供有力人才和技能支撑”。

“匠心聚，百业兴。”无论是传统产业，还是新兴产业、未来产业，大国工匠在发展新质生产力的历史进程中不可或缺。随着经济发展方式转型和产业结构升级，中国要实现由制造大国向制造强国的转变，实现由中国制造向中国创造的跨越，离不开广大劳动者的创新和创造，更离不开对工匠精神的继承和发扬，于是呼唤更多大国工匠成为时代强音。

文艺是时代进步的号角，最能代表一个时代的风貌，最能引领一个时代的风气。中国报告文学学会、中国工人出版社联袂推出“大国工匠人物传”丛书，以图书的形式为大国工匠树碑立传，让他们的故事和精神具有更广泛的交流传播价值和长久的史料价值。本套丛书的写作者奔赴大国工匠生活的城市，深入大国工匠工作的厂区、车间、工作室，获取了全面细致的第一手材料，最终将大国工匠的成长、成才故事呈现在读者面前。

“大国工匠人物传”丛书讲述的是个人奋斗史，也描绘出大国工匠的群体形象。可以说，这套丛书是目前国内系统研究众多大国工匠人生轨迹的权威读本，既有对每位大国工匠的整体介绍和事迹梳理，又有具体的事件、案例，全面、生动地展示了大国工匠各个人生时期的工作和生活状态。

新时代是奋斗者的时代，中国式现代化建设新征程这一宏伟事业为广大工匠技能人才成就梦想提供了广阔舞台。每位劳动者都是主角，都可以成为工匠精神的践行者。大国工匠是新时代的最美奋斗者，更是和平年代当之无愧的英雄。

国之大者，工匠先行，向着中华民族伟大复兴的目标砥砺奋进，行稳致远。

是以为序。

目 录

第一章 村子里的小能人

那一年陈兆海正和几个小伙伴在树林里采蘑菇。那是辽宁省庄河市吴炉镇大陈村里的一片林子，阳光透过树叶斑斑驳驳地洒下来，像金色的雨点儿那样打在一个虎头虎脑的小男孩儿的身上，这个小男孩儿叫陈兆海，此时此刻他正蹲在一棵椴树下专心致志地采蘑菇。

谁能想到呢？若干年后这个虎头虎脑的小男孩儿成了优秀员工、优秀班组长、十佳人才、优秀测量能手、品牌员工、大国工匠、全国劳动模范、全国技术能手、央企技

陈兆海荣获“2020 年全国劳动模范”

能教练、五一劳动奖章获得者。还拥有了以他个人名字命名的国家级技能大师工作室，那些荣誉，那些奖状啊！一个偌大的房间都挂不下。

然而树林里这些孩子怎么会知道若干年以后的事儿呢？他们这会儿的任务就是把地上的蘑菇装进自己的篮子里。然而事情真的有点奇怪，谁都没有陈兆海采得多，这里也包括他哥哥。陈兆海那双眼睛好神奇，他总能发现又大又好的蘑菇。

大家知道椴树下的蘑菇品质优良，可是这样的蘑菇偏偏就往陈兆海眼睛里跑，他很快就把篮子装得满满当当，然后又帮哥哥把篮子也装满。这蘑菇可是好东西，回家母亲装进大缸里，一层蘑菇一层粗盐腌制存放，等入冬时就卖掉，这可是小哥俩的学费和书本钱。

为了采蘑菇他们天蒙蒙亮就出发了，小哥俩一人挎一个大篮子，他们每次都能满载而归。母亲看着能干的小哥俩很是欣慰，夏天的蘑菇一般都是腌，因为雨水多不好晒，秋天时蘑菇就少了，但这个时候可以晾晒，秋天的蘑菇干净，质量上乘，能卖上好价钱。即便是在蘑菇少的秋天，陈兆海也能采回好多。

有小伙伴调皮地问，你和蘑菇是亲戚吗？它怎么只和

2020 年，陈兆海在人民大会堂参加全国劳动模范表彰大会

你好？陈兆海和小伙伴打赌：你们信不信？原路返回我一样可以采得到。于是他真就原路返回去，结果一定大有收获。于是小伙伴们喊，陈兆海和蘑菇是亲戚，陈兆海和蘑菇是亲戚……

到了下午小伙伴们又相约一起去河里抓鱼，乡下的孩子懂事儿早，他们很小就知道为父母分忧，蘑菇和鱼都能换钱。大鱼卖钱，小鱼拿回去喂鸡喂鸭喂鹅，河里有鲇鱼、草鱼、胖头鱼。胖头鱼大不好抓，但陈兆海总能第一个发现，这时候鱼又成了陈兆海的亲戚，他抓的鱼又肥又大。于是小伙伴们传开了，说陈兆海的眼睛很神奇，什么好东西都往他眼睛里跑。

后来这话传到母亲耳朵里，她悄悄问儿子，到底怎么回事？陈兆海笑笑，他们都是一边采蘑菇一边嬉笑打闹着玩儿，在河里也这样，我是集中精力，所以蘑菇呀、鱼呀才会往我的眼睛里跑，就是个用心，哪有他们说的那么神奇。

不光眼睛，陈兆海的一双小手也很给力，他能用高粱秆做玩具。手枪、地雷、宝剑、刺刀做得有模有样。村里一放完电影，陈兆海这边就开工了，小伙伴们负责捡高粱秆他负责做。有小伙伴问，陈兆海你能做个火车吗？

陈兆海最远去过镇里，连县城都没去过。他回忆着电影里火车的模样，真就用高粱秆做了一列，后面还连着好几节车厢。小伙伴们欢呼着为他叫好，陈兆海说火车要是能跑起来该多好，拉着咱们去看看外面的世界。

那年春节陈兆海用高粱秆做了好多灯笼架，然后发给村里的家家户户，他们只需要糊上红纸就行。那一年大陈村所有人家的门前都挂上了红彤彤的灯笼，那一年的大陈村里好像盘着一条火龙。老人们都说来年一定风调雨顺、五谷丰登，大家也感叹陈兆海那双灵巧的小手，这孩子做什么像什么……

邻居奶奶拉着陈兆海的手端详：你这双手像个小蒲扇，将来能抓宝。邻居奶奶腿脚不好，每次上炕都需要人从后面帮忙。陈兆海在林子里找到一个大树墩，他借助一根锯条、一把格尺，敲敲打打地给邻居奶奶做了一个木梯。虽然只有三级台阶，却着实解决了邻居奶奶的上炕问题。老人家很感动，说这孩子心善手巧，将来一定有大出息。

那年临近春节，母亲去外面走亲戚，这时候就有心急的孩子把过年的新衣新裤穿出去。母亲也给陈兆海兄弟俩准备好了布料，只是还没来得及做，看见别人穿新衣，陈兆海有点着急。哥哥劝他不要急，离过年还有好几天呢。

陈兆海在 2021 年“大国工匠年度人物”发布会现场

其实陈兆海会踩缝纫机，母亲干针线活儿的时候他在旁边看，看着看着就会了，偶尔还会拿碎布弄几下。

陈兆海对哥哥说：我想自己做裤子，做坏了也不怕，过年不穿新裤子就是了。他把旧裤子铺在报纸上，拿着一把格尺左量右量。然后把报纸剪成裤子形。然后又把报纸铺在新布上。折腾了整整一天，当陈兆海穿着自己做的新裤子站在哥哥面前时，哥哥把眼睛瞪成了包子。

陈兆海自豪地说，你要是信得过，我把你那条也做了。能提前穿上新裤子哥哥当然愿意，他又问弟弟，能给我做两个兜吗？你这条没兜。他做裤子时把兜忽略了。陈兆海低估了做兜的难度，他用报纸比量半天都不行，就去找邻居帮忙，当哥俩穿着新裤子站在母亲面前时，母亲都有点不敢相信自己的眼睛了。

陈兆海又拿出几副鞋垫儿，用做裤子剩下的布做的。陈兆海和哥哥穿着新裤子在街巷里玩，就有人过来拉拉他的新裤子问：你自己做的？那当然，你拿布料来，我也可以帮你做！

爬墙上树是乡下孩子的基本娱乐项目，他们裤子上有破洞和口子也是家常便饭，闯了祸的孩子怕大人知道就去找陈兆海帮忙，陈兆海用家里的碎布给他们缝补，可不是简单的补窟窿，膝盖那儿会多出一只鸟，裤腿那儿会长出一只蝴蝶，一条普通的裤子忽然就生动起来，那个闯祸的孩子居然因祸得福。村子里又传开了，陈家那个小儿子真厉害，会做灯笼，会做梯子，还会做裤子，给裤子补出花来！他才多大个人？可不是吗，这孩子 1974 年 12 月出生，现在还是个小学生啊。

村里有人盖房子，陈家的小儿子也去帮忙，他发现砌墙的时候要吊上一根白线，这样墙才能横平竖直。回来后他学着人家的样子，吊上一根白线用碎砖头盖了个鸡窝。鸡窝矮矮的有点丑，可陈兆海相信等自己长大了，一定能盖又高又大的房子。

第二章 外面的世界

心灵才能手巧，这些都没有影响陈兆海的功课，1988 年陈兆海小学毕业，他们一家搬到了庄河，陈兆海在庄河第三十中学上初中。入学前学校专门为他进行了一次考试，担心他从乡下来基础差，可陈兆海考得很好，顺利进入初中。

那时候哥哥已经考上了庄河重点高中，小哥俩相互督促，天没亮就起来背英语。父母偷偷望过去，孩子们如此刻苦努力，做家长的当然欣慰。孩子是点燃一个家庭的希望，他们能做的只能是拼命干活，父亲除了纸壳厂的那份工作，节假日也出去打零工。

上学期间陈兆海身体忽然出现状况，开始以为是感冒，就按照感冒给输了液。治疗一段时间并没见好，后来到大医院确诊是消化道出血，算是误诊了。当时很危险，再不及时治疗就要出事了。为此陈兆海休了一年学，父母担心他功课跟不上想让他留一级，陈兆海不同意，身体恢复后还是跟着原来班级走。

后来陈兆海考上了庄河第二重点高中，休了一年学居然还考得这么好，家人都为他高兴。当时正巧天津航务技术学校来招生，录取分数远远超过第二重点高中录取线，是读高中还是去读这个技校？那一年哥哥也顺利考入大连海事大学。

消息传到大陈村，整个村子都沸腾了。这是全村人的骄傲，外出读书在贫瘠的小村里是何等的荣耀！那时候父亲工作的纸壳厂已经倒闭。面对两个争气的儿子，他咬紧牙关到处打零工，母亲那时候身体也不好，陈兆海看到了父母的艰辛，如果供两个大学生，显然已超出他们这个家庭的承受能力，一个十七岁的年轻人正面对关于人生的重大选择题。

陈兆海不敢和父母哥哥讨论这件事，他们无论怎么苦都会保证孩子的求学之路。他去找自己的好朋友商量，朋友说技校可以学到技术，在校期间还有补贴。出了校门就安排一个铁饭碗的工作，可以给家里减轻很多负担。天津是一个多好的地方，那可是直辖市，离北京又那么近，周日你可以去北京看天安门。陈兆海不再犹豫，1992 年，17 岁的陈兆海为自己的人生作出重大决定，就去天津航务技工学校。

村里人知道陈兆海要去天津读书纷纷来表示祝贺。瞧陈家这俩孩子多棒，都要去大城市读书了，一个大连一个天津，于是拿出准备好的鸡蛋、花生、咸豆干、面条、鱼……这是他们质朴的感情。

此时的陈兆海非常开心，因为从小到大自己都没离开过庄河，他想到自己曾经用高粱秆做的那列火车，现在梦想实现了。他就要坐上火车去看外面的世界了，还可以为家里减轻那么多负担。父母再也不用那么辛苦，多好的事啊！

当时这个技校有两个专业可以选择，一个是测量实验，一个是铆焊，陈兆海见过铆焊，村里打马掌就用那东西。一手拿着面罩一手拿着焊枪到处喷火花，他不喜欢那东西。于是他选择了测量实验，之前他就很喜欢自己那把格尺，用它量石头、量布料、量木板，实验室他也去过，各种烧杯和瓶瓶罐罐。

其实那时候测量实验是做什么的，大家脑子里根本没概念，包括陈兆海的父母都不清楚。村里来人问是不是开飞机？不是航务学校吗？父母肯定地回答不是开飞机，飞行员都要政审和检查身体，陈兆海没有经过这个环节。将来具体分到哪里工作他们也不知道，央企到底怎么回事更

小时候的陈兆海（左）与哥哥

不知道。

到了学校才清楚，原来这个学校是专门为中交一航局培养员工的地方，中交一航局，听名字就让人心里踏实，陈兆海为自己的选择感到庆幸。慢慢他还了解到测量就是给工程打前站，正常都是户外作业。

了解后他还有一点小雀跃，从小自己就喜欢满山跑，喜欢接近大自然，不愿意老圈在屋子里。母亲曾说过这孩子天生爱溜达，咱以后就找个能溜达的活。陈兆海被母亲说中了，后来工程干到哪儿他就溜达到哪儿，踏遍祖国的大江南北。

在学校他们测量实验一起学，测量的标配是三个人，一人主测，一人辅助，一人记录和计算，这个活儿需要团队合作。大家都是在学校操场上实地操作，实验就是上实验室做混凝土试块拉钢筋之类。

在天津上学时陈兆海省吃俭用，村里人送的花生和咸豆干他都带到了学校，能省一点是一点。之前同学建议他周末去北京看天安门，可陈兆海连校门都很少出，要么在操场上跟着老师测量，要么在寝室看书。

有一天哥哥竟然到天津来看他，陈兆海太开心了，离家这么久哪能不想念？哥哥带他去小饭馆吃狗不理包子，这是他来天津这么久第一次上街，第一次进饭店。他从来没吃过这么香的包子，那味道简直太好了。

繁华的街巷、可口的美食、亲密的手足，陈兆海从头到脚都是满满的幸福。那时候技校里家境好的同学周末都会结伴去北京玩，故宫、天安门、王府井、烤鸭、涮羊肉、水爆肚……这些名词从同学的嘴里跳出来。北京虽然近在咫尺，却成了陈兆海遥不可及的梦。

等以后赚了钱，他要请哥哥去北京吃烤鸭，当然也要把父母一起带上。哥哥鼓励他，让他多学本领：别看你读了技校，有本事将来一样可以出人头地。其间哥哥经常给他写信，主要是为他加油打气，其实父母和哥哥在心底都有着对他的一份亏欠，如果陈兆海选择上高中，家里砸锅卖铁也会供他，如果上高中，他也一定会走进大学的校园。

1994 年学业基本结束，当时他们班有十个人，八个选择了测量，陈兆海也是其中一个。他去大连的大窑湾实习，那里的居住环境让人惊讶，房子已经老掉牙，好像风一吹就能倒，和学校寝室相差太多。

陈兆海和同学跟着老师傅来到施工现场，大家居然要爬绳梯到船上。怎么还要爬这个？之前见都没见过这东西，绳梯足有两层楼那么高，大概六米，绳梯是软的，来回晃悠，陈兆海心里直打战，第一次爬两只脚用力，两条胳膊不会使劲，就怕一脚踩空掉下去。他越爬越累，越爬越恐惧，在校期间他们都是在操场上实践，这是他第一次到施工现场。

陈兆海问老师傅，以后上班要经常爬这个吗？老师傅回答，那是一定的，还有比这更高的时候呢。他在心里叫苦，我的天，这可怎么办？没想到刚实习就碰上这么个挑战。那也得爬啊！通过观察，陈兆海发现，满潮的时候上去更便捷些，潮水高差大概在 4 米，潮起来时爬得就矮一点，那时候他就喜欢涨潮，但低潮时需要上也得咬牙往上爬。

陈兆海悄悄观察老师傅们怎么爬，没几天他就发现了窍门，不能两只手拽着绳梯，单手拽一头扶住就行，需要两只脚发力，这么爬省劲还快，转身时一个手把着也不要紧。他发现老师傅们提着仪器爬软梯都从容不迫，自己年纪轻轻还不如老师傅？他在心里悄悄给自己鼓劲儿，他也能像老师傅们那样从容。

后来天天爬，有时候还找机会多爬几次，没多久陈兆海便可以在绳梯上健步如飞，两只脚嗖嗖地带着节奏。他写信告诉哥哥，自己攻克了爬绳梯，不知道今后还要攻克哪些东西。这期间他看见那些老师傅们一接到工作指令，走路都带着风声，他们那一代人就靠两条腿，号称 11 路。那时候没有任何交通工具，都是手拎设备雄赳赳气昂昂，大家干活都很拼，有种拼命三郎的感觉，也没什么所求，就是好好干，对得起这份工作，他们这种精神对陈兆海的影响很大。

那时候到船上干活身上都裹着救生衣，当时救生衣的质量不太好，是那种海绵的，很厚，夏天裹着特别热，陈兆海和老师傅们没干完活都不下来吃饭。活很累工作环境又艰苦，一些人有了放弃的念头，但陈兆海却很乐观，这边伙食好，每天都能吃到可口的饭菜，家里做菜谁舍得放那么多肉，营养跟得上还能没力气干活？

实习期间陈兆海抓住每一次向老师傅请教的机会，他完全把自己融入了这个集体中，什么累活儿脏活儿都抢着干，根本不像个实习生。那个月他居然得到六百元奖金，陈兆海太开心了，自己从来没挣过这么多钱，按规定实习生是没有奖金的，是他的勤劳和朴实赢得了大家的赞许。这是个很大的鼓舞，陈兆海觉得只要努力工作运气就不会差，当时他们企业的口号是：干一流的！做最好的！他也默默下决心，干一流的，做最好的自己。

第二章 遇到一个好师父

1995年8月陈兆海被分配到中交一航局第三工程有限公司，这个公司成立于1953年，是世界500强企业中国交建的全资三级子公司，隶属中交第一航务工程局有限公司，是一家以水运及土木工程施工为主的大型国有独资综合性建筑企业。

原来自己的单位这么强大，陈兆海迫不及待地跑回家向父母汇报。这可是央企，大名鼎鼎的央企。父母对央企的概念并不清晰。他们只知道自己的小儿子去了个好单位，每月除了工资还有奖金，这会儿压在他们心底好几年的石头终于挪开了，其实他们一直在为当初小儿子放弃读重点高中而后悔。母亲说，这么好的单位要珍惜，干活不能怕苦怕累，不能白拿人家的钱。

刚毕业时各个项目部领导去挑人，也是按学校成绩排名挑。陈兆海被分配到第六项目部。一个老师傅告诉他，咱们这个单位挺好的，虽然工作辛苦点，穿戴也不整洁，但是待遇挺好的，收入和食堂吃的都不错，一天那么多菜，品种也多，接下来你好好工作就是，这个与陈兆海交流的人就是师父赵振国，也是陈兆海参加工作后对他影响最大的人。

师父赵振国为人忠厚耿直，是个技术大拿。赵师傅开始并不同意陈兆海喊他师父，而是要求前面必须加上赵字。喊他赵师傅可以，而师父可不是随便就能喊的，当时他还不了解这个年轻人到底是什么品行。陈兆海每天跟在赵师傅身后早出晚归，夏天没遮阳他的脸被晒得紫红紫红的，回家后把父母吓了一跳，母亲问，你这脸是怎么回事？陈兆海满不在乎地说，我们那些老师傅比我不知要黑多少倍。

母亲怜惜地望着他，活儿很累吧？陈兆海说还好，我们食堂的伙食和饭店差不多。他报喜不报忧，其实那时候的工作环境极其艰苦，他身边已经有人离开了，陈兆海却发现他自己已经喜欢上这行，并且是非常喜欢。

其实很多人把测量理解成简单的机械劳动，就是扶个尺的事儿。其实这里面的学问大着呢！就看你怎么干了。测量是工程的先行者，它是工程里很重要的一部分。没有测量的准确数字，其他活儿就没法干。赵师傅对陈兆海说，怎样做好测量？光看仪器行不行？其实这个光学精密仪器毕竟不是咱们自己研究出来的，在现场会发现很多问题，这些问题怎么解决，都需要考虑进去。

比如可以通过一些测量手段量量它在图纸上的距离，这就是一种方法，如果是矩形或者平行四边形，再看看它的对角线或边长。这些都可以去校对，然后再拿钢尺量一下，如果对角线没有问题，那这个数据肯定没问题。这些都是工作中的办法和技巧，陈兆海觉得赵师傅是一个了不起的人，他能把测量研究到这种程度，这个师父他是跟定了。

1995 年 10 月至 1996 年 5 月，陈兆海在大连华能电厂灰坝和排水沟项目上，当时项目部从澳门引进了一台精密仪器，那时候陈兆海和几个同事住在临建的大炕上，那台高端仪器自己霸占了对面一整张炕，看看这地位。有人告诫陈兆海千万别碰它，这东西太贵重，碰坏了赔不起，连赵师傅对它都小心翼翼。

陈兆海天天拿眼睛盯着对面炕，它是那么孤傲那么高深莫测。人就是这样，越不让动越想动，一颗年轻的好奇心在蠢蠢欲动。当时赵师傅拿着仪器去测量，陈兆海在旁边做记录，可惜他只能是个看客。等大家吃过晚饭喝过茶去外面打扑克，他就悄悄把仪器箱打开摆弄摆弄。

陈兆海在现场天天看赵师傅操作，就是固定的几个程序，程序键是哪个，代码是什么，陈兆海都默默记在心里。这个时候的陈兆海满脑子都是欲望，非把这家伙摆弄明白不可。来了两个半月，他白天暗中观察，晚上悄悄摆弄，怎么感觉这个仪器都像是老朋友了。

一次趁没人，陈兆海又把仪器拿出来，被一个忽然进来的老师傅撞上，老师傅也没客气，劈头盖脸一顿教训，不让你动你偏动，弄坏了赵师傅明天回来怎么干活儿？陈兆海说他只是想研究研究，老师傅看看他说，要研究也轮不上你，小毛孩子一个。

这期间领导检查工作时发现他本子上记录的数据有点乱，于是当场严厉批评：你这记的什么东西？你看看那些老师傅怎么记的？人家写的一行一行多工整，你这简直像一堆苍蝇。陈兆海就找了个小本子开始练写阿拉伯数字，每天临睡前都要垫着枕头练几页，记录时再套用老师傅们的格式。陈兆海身上有一股劲儿，发现不足就悄悄努力，当他练的那些小本子摞起来已经有半尺厚时，他的记录已经变成样本。

有一天赵师傅休假，现场需要数据，领导看看陈兆海，这个仪器你不会用吗？他如实回答：确实没用过。领导不高兴，这么长时间仪器怎么还没摆弄明白？陈兆海说仪器太贵重，规定不让他碰，领导说这个活挺着急，要不你去试试？陈兆海满心欢喜，这个自信他是有的，仪器操作流程没问题，所有的设置都印在脑子里，来了两个多月总算等到这个机会了。

第二天赵师傅到现场把前一天的数据又校核一遍，完全没问题。从那以后赵师傅就让陈兆海拿着仪器去独立操作，他心里有数了，这个年轻人不声不响把技术学到手了，蛮可以的。陈兆海实习时就听老师傅们说过，所有精密仪器三年学徒期间你是碰不到的，不允许你碰，主要是怕出错。

那时候主测都有对讲机，手拿对讲机的都是较厉害的角色，徒弟们跟着跑腿干活就是，陈兆海参加工作不到三个月就搞定一台精密仪器，赵师傅还把自己的对讲机给他用，这大大提升了他的自信。

这台仪器陈兆海越用越熟，只要赵师傅在，主测的任务就交给他，不管是看高矮还是看平面的，反正都要他去。赵师傅成了甩手掌柜，对于陈兆海的技术他完全信得过，他常跟人讲，什么事交给小陈放心。后来的十余年陈兆海一直做主测，他早就把赵师傅前面那个赵字省略掉，对方也没有反对，他们早就是珠联璧合的师徒了。

慢慢好多活陈兆海都能独立完成了，包括从进场开始的现场踏勘、选点、仪器操作、资料整理及报告的编写。并能熟练掌握徕卡全站仪 1010 的操作。师父告诉陈兆海测量分两部分，主测和辅助。辅助也需要精通，就算拿尺也有拿尺的学问。辅助要是做得好都可以指挥主测，及时发现主测的对与错，这也是辅助的责任。不过要看技术掌握到什么程度。那时候师父就在现场指挥陈兆海，仪器要架到什么位置，数据如何去算。

师父用心良苦，他还教陈兆海测量的小窍门，就是把身体当尺用，比如从脚下到第二个纽扣有多高，到嘴巴有多高，到鼻尖儿有多高，到眉毛有多高；大拇指到食指之间的距离是多少，大拇指到中指之间的距离是多少，伸开两臂的长度是多少，全都量出来一个准确的数字。

师父说这就叫自带度量衡，现场干活特别好用。它精度不是很高，但可以满足厘米级的要求，对于把陈兆海培养成才，赵师傅很有信心。在师父的引导下，陈兆海自己也摸索出一些经验，包括仪器架在什么位置对精度有影响，如何去协调，他也有好多自己的办法。

慢慢两个人的关系已经亲如父子了，陈兆海在大连没什么亲戚，早把师父当亲人了。节假日陈兆海就跑到师父家，师父就给他做好吃的，师父很会做菜，什么熘肝尖、清蒸鱼，大连老菜做得很地道。师父之前也有徒弟，后来有的辞职自己当老板，有的转岗去管理层了。

师父希望陈兆海能坚守，要经得住诱惑，学到手的本事不要轻易放弃。陈兆海说自己一定努力把工作干得更出色，关键他还有超越师父的野心，哈哈……房间里传出清脆的笑声和叮咚的碰杯声，那么和谐，那么悦耳……

第四章 在矿石码头上

2003 年 3 月，师父把陈兆海带到大连港三十万吨矿石码头项目上，那可是国家重点工程，可接卸三十万吨级超大型散矿船，并可兼顾停靠五万吨散矿船，是当时国内最大的矿石专用码头。该工程为独立墩结构，由 26 个高达 27 米的圆沉箱组成，引桥长 465 米，泊位长 450 米，码头顶面宽 37 米，前沿水深 –22 米，陆域面积近四十万平方米，可一次性堆存容量为 228 万吨。该工程位于大连湾口外大孤山半岛的东南岸，距大窑湾港区约 4km。

当时是矿石码头最艰苦的时候，那个地方饮用水都是用车从新港那边拉过来，洗澡这事想都不用想。前期道路和电都不通，但测量是工程的先行者，必须进去，包括图纸范围、场地规划、临建和海上这个码头的位置，这些都是测量需要做的。师父觉得这是个好机会，他要按照自己的思路来培养这个徒弟。

当时房子是租的村里的，走到现场得半个多小时并且全是山路，这就非常误工，后来就在施工现场山底下靠近海边搞了个集装箱，把集装箱稍微改造一下安上门窗，里边能住七八个人，原来租的那个房子留着做饭。

陈兆海他们需要在项目开工之前做一个首级控制网，这个控制网带数据、带空间坐标，整个码头的后续施工都要靠这个数据来指导。为了防止破坏，首级控制网一般设在山上，因为是国家级控制点所以受法律保护。前期工作第一步就是把首级控制网的这些点都引到现场，等着后续施工使用，也就是加密。

在现场周围找个地方加密，通过几何关系把这些数据计算出来，满足规范精度要求才能投入施工使用，这也是最关键的一步测量工作。前期陈兆海关注的就是首级控制网，之后加密的工作按照规范正常来做，数据不错就没问题。

那时候陈兆海每天提着全站仪往山上爬，那座山很高，他觉得测量这个工作实在有趣，最初是爬软梯，现在又开始爬山了，干这个活不光要技术过硬，身体素质还要强，胆量小还不行。

他一边往山上爬一边唱歌，唱学生时代的那些歌，仿佛一下子又回到了少年，那时候多盼望长大啊，现在他有自己喜欢的一份工作，还能赚钱孝敬父母。就这么一路唱呀唱，就爬上去了。他告诫自己千万不能总想着爬山累、干活儿辛苦，师父说这里的山比南方好得多，那边的山上长满荆棘，密集得几乎没有空间。首先要有这种积极的心态，要不然天天这么干还不烦死，要想办法调解。

陈兆海拿着仪器朝山顶一路高歌，因为经常拎水砣，他肌肉发达，两只胳膊特别有力气，在山路上一摇一摆都能舞出风，爬到山顶那种感觉特别爽内心也充盈，登高望远、心旷神怡、波澜壮阔那些美好的词语全部涌到眼前。

那种艰苦的环境不自我调节根本坚持不住，在山下他就幻想着爬到山顶那种舒爽的感觉，视野开阔，万物都变得十分渺小，那一刻他就是这里的“君王”。爬一次山几乎要一个多小时，陈兆海提着两个仪器也没觉得太累，他摸摸自己的肌肉块，爬山权当锻炼身体了，去健身房还要花钱，他这个天然大健身房空气还好，含负氧离子还多，怎么想都是好事，稍微缓解一下便架起仪器开始干活。

刚毕业那年，人事处的前辈跟他们开玩笑，说来咱们单位以后得学会自己跟自己玩。陈兆海和自己玩得很嗨，他在山顶唱歌，偶然发现还有不少听众，那是一群鸟，可能它们在山上也寂寞吧？现在来了个会唱歌的青年，鸟儿们也高兴，还叽叽喳喳为他喝彩，慢慢朝阳变成了夕阳，陈兆海哼着歌儿下山去……

矿石码头前期是真艰苦，冬天的集装箱就像个冷藏柜，里面生个大炉子，炉子都烧红了还是冷，大家睡觉都穿着棉服，后半夜炉子也灭了，白天工作太累，也没人起来填煤，还担心煤烟中毒。头一年由于天气原因工期没上去，这一年大家还得抢活儿，当时就是做引桥安装沉箱。

工作现场后面是个山，下午四点多钟有船把陈兆海送到工作台上，然后他就一个人在那儿守着。夜里后面山上风吹得哗啦啦响，他有点怕。再害怕活儿也得干，他必须时刻盯着沉箱，得符合设计要求。当时水流速度特别快，一个风浪过来，水下那部分可能就斜了，超规范了，弄不好还得起来重新安装。陈兆海只能看到上面这部分，下面看不到怎么办？那就只能一次一次报数，一次次往下落。

山上的风响起来，那动静和恐怖片差不多。陈兆海一边要集中精力报数，一边还要克服心里的恐惧。这时候陈兆海不敢唱歌，怕一唱再把狼招来。这时候身边要是有个人该多好，陈兆海想到哥哥，之前在老家小哥俩总是形影不离，一起去山上采蘑菇，一起去河里抓鱼。遇到什么危险，比如看到蛇，他都是高喊哥哥，哥哥总能挺身而出保护他。

现在哥哥已经工作了，他在跑远洋。哥哥身边一定有同事和朋友，不会像自己这样孤零零地面朝大海背靠荒山。施工现场不能浪费人工，同伴们都有各自的活儿，他看看腕上的手表，已经是半夜两点。这手表还是哥哥在日本给他买的，他在心里对自己说，有这手表在就等于哥哥陪在身边了。

冬天海风刮得人脸疼，项目上也发了军大衣，陈兆海里面还穿了棉衣棉裤，那也不行，在外面站的时间太长，早就冻透了。为这他之前也做了相应准备，中午去食堂和做饭的师傅要几个辣椒，说怕晚上冷和困提提神儿。做饭师傅给了他一小瓶辣椒酱，说这个好歹比辣椒有点滋味儿。这个辣椒酱真是太辣了，吃得陈兆海满嘴冒火，这么一辣，好像身上也没那么冷了。

他之前不会抽烟，师父告诉他，测量这个活儿太孤单太寂寞，还是抽个烟来解解闷儿。烟头上的红光照耀着海面，它是那么微弱那么渺小，可在寂静的深夜里，它也给陈兆海点燃起希望。烟和辣椒酱居然能壮胆儿，之前因为害怕他一直都不敢回头，这会儿他拿着手电筒回头往山上照，除了枯树和石头啥也没看见，他忽然发现石头上好像有个什么东西在扭，是蛇！陈兆海手心冒汗，他打小就怕蛇，一会儿蛇要是爬过来怎么办？他手边除了烟就是个装辣椒酱的小瓶，这两样武器能对付猛蛇？于是他把一包烟都点着了，蛇应该怕烟。稍微冷静下来又觉得自己可笑，大冬天的蛇早冬眠了，刚才应该是手电筒晃出的影儿，这一夜陈兆海吃了一瓶辣椒酱，这一夜他消耗掉一包烟。

早晨他回去吃过饭想休息一会儿，但是住在集装箱里的几个人工作时间段都不一样，门一个劲儿“咣咣”响，睡也睡不着，他就去现场干外围，晚上还要继续上夜班，师父问用不用换个人？陈兆海觉得自己状态还行，不用换，就这样又连续干了三天，第四天早晨回到集装箱，他一头倒在床上一直睡到下午，这时候门再怎么响也听不见了。

真是心有灵犀，哥哥来看他了。你这嘴怎么肿了？陈兆海笑说，食堂的辣椒酱太好吃，他就多吃了几口。哥哥看见弟弟这样的工作环境、这样的居住条件，他都不知道如何来安慰弟弟。只能说慢慢一切都会好起来。可陈兆海并不需要安慰，他觉得没什么大不了，师父和伙伴们对他都那么好，在这儿还能学到新技术。食堂里饭又好吃，工资还不低，没准儿过几年都能买上房子。累点儿、冷点儿睡一觉就都补回来了，哥哥拍了拍他的肩膀。

陈兆海很兴奋，他把哥哥带到工作现场，你看沉箱在下水的过程中，我要时刻观测它的位置变化，把这个信息给它启动，看看偏哪个方向，用船或者人再把箱子放在设计的位置上，我需要实时报数，所以一直不能停止工作。其实正常的方位和大自然的方位差不多，在海上我们的原则是安装的时候往东偏多少往南偏多少。要通过缆绳或者船来移动这个大箱子，这个箱子有上千吨、上百吨重，将它往设计这个位置上靠，设计这个数据就是我提供的。陈兆海自豪地挺起胸膛，我们先按照设计图纸，比如圆形它就有一个圆心的位置。三维坐标就是平面加高程，就是说沉箱一边下沉的同时，我们不仅要控制平面位置，还要控制高程，来保证沉箱在下水过程中的水平，就是一起落地，不能一头落地。

哥哥听着陈兆海娓娓道来，虽然他也听不太明白，但他发现弟弟的业务能力很强，弟弟已经是个像模像样的男子汉了。

第五章 发明创造的乐趣

后来领导考虑到大家太辛苦，又盖了一个临建房。大家就从集装箱里搬出来了，这房子里面有暖气和地板，像个房子样了，而且都睡床，比集装箱里的大通铺好太多了，屋里气味也不一样了。那种感觉很舒服，陈兆海参加工作后第一次住这么好的临建，他和伙伴们下了工就急忙赶回房间，要好好享受那软软的床，把一天的疲惫都稀释掉。哥哥说得对，一切都会好的。他们从集装箱里搬到这儿，就是一个质的飞跃。

这期间陈兆海开始去大窑湾工作，干测量就是这样，有时候需要几个工地来回跑。那边第一步就是挖泥，挖出一个基槽的形状，就是个梯子形，测量验收后下面开始抛石，一般都是测量抛石一起干，当时公司工程处给他们联系了个仪器——单频的测深仪，它是一种通过声波反射测量水深的设备，其工作原理是通过换能器垂直向下发射声波，当声波碰到水底时发生反射，反射回波信号返回换能器位置并被其接收。根据声波在水中传播的双程时间和水中的平均声速，可以计算出水深值。其计算公式为：H=V×t2H=2V×t，其中HH为水深值，TT为一个波束从发射到被换能器接收所用的时间，VV为当前水温下声波在水中的传播速度。这种方法可以替代人工测量水深，公司派技术人员来现场给他们培训，教大家如何操作软件。

当时就在村里找了个大井，把一些辅助设备连接上，把换能器放到井里，在井边进行软件操作，当时通讯正常，水深也能测出来。这个过程中陈兆海学得很仔细，有些英文看不懂，就在本子上记下开头几个字母，包括下拉哪一个菜单会弹出来什么指令，当然这些只有他自己能看懂。他自己在现场也操作了一遍，难度不是很大。

当时还来了一个搞测绘的大学生，他和陈兆海一起上了船，上船后外面连接的部分都很正常，一开机却连数据都不显示了。这可怎么办？陈兆海就在船上打电话咨询，这个过程中他继续测试，仪器要么没数据，要么是个假数据。现场没有技术人员，半个小时的活儿，他打了两个小时的咨询电话，之前实验的过程中确实觉得很容易，怎么到自己手里就不行了？

当时把所有连接的相关设备都拆了再重新安装，结果还是不行，一会儿电脑死机了，一会儿不出数据了，一会儿位置对不上，出现了诸多问题。多数人遇到问题会头疼，陈兆海却不一样，他认为遇到问题是好事儿，甚至都有点兴奋，于是天天打电话四处咨询。

后来这个问题反映到指挥部，领导说这仪器是个好设备，你们搞不明白不能用，那就只能打水砣。水砣是用来测水深的，它通常由一个重物和一根带有刻度且不易受外部拉力影响而产生明显长度变化的钢丝绳组成。

水砣在水运工程施工测量中起着重要的作用，水砣是一种测深尺，但与常规的测深尺还是有本质上的区别的，常规的测深尺为固定长度，水砣可根据水深增加或减少长度。

早期的水砣采用测绳连接配重金属底座，在测深作业时，将金属底座抛入水中，当金属底座触底时，凭着触感第一时间读取绑在金属底座上测绳的刻度，然后根据高程起算面快速计算出水下高程，这个过程叫作打水砣。

打水砣是公认的老办法，但打水砣要天天赶潮水，因为一涨潮就是活汛，活汛不能打水砣，当时好几吨的实心大铁锤一下去就被水流拉斜了。水砣被水溜子拉走了，只要悬空就被拉走了，平常日子有二十多天死汛，那时候就用顺流打水砣这个方法，可是水砣太沉，下降的速度又快，有一次水砣的钢丝绳把陈兆海的脚缠住了，细钢丝绳一下就勒进陈兆海肉里，他的脚都肿了，相当危险。

师父扔了好几次，都是连砣带绳一起扔进了海里，另外钢丝绳有毛刺，经常扎进手里，也不能戴手套。工作用的那种线手套很容易被水打透，那样手在里面会更难受，戴稍微厚一点的帆布手套还找不到感觉。

这可不行，得想个什么办法？师徒俩一起研究，关键时刻还是陈兆海那双巧手起了作用，他给水砣加了个辅助支撑杆，这个设计很巧妙，改造之后，能单手把大水砣扔到海里。

这个辅助支撑杆就是为了防止在水砣下水和打捞的过

程中，钢丝绳由于长时间使用出现毛刺把手掌扎破，就是在收放水砣的过程中，把水砣的重力通过钢丝绳传递到辅助支撑杆的 V 字形切口处，利用杠杆原理，作业人员只需运用手部巧劲，便可轻松实现对水砣的单手操控。

这极大地减轻了作业人员的劳动强度，使操作更轻松、高效，同时显著降低了手部受伤风险，为水砣作业提供了更安全、更便捷的操作方式，有力地保障了测量作业的顺利进行和作业人员的安全。

辅助支撑杆由一个长 0.5—1.0 米、直径以手握舒适度决定大小的竹片制成。陈兆海先将竹子两端切一个 V 字形切口，再把切口和手握周围部分打磨光滑，防止毛刺刮伤手掌。然后将水砣与竹子进行拼装，把根据测区水深定做的水砣钢丝绳端部固定在辅助支撑杆的一端上，再通过 V 字形口把钢丝绳进行往复交叉缠绕。水深测量作业时，根据水位变化及基础高程变化，适当进行长度调节，并利用辅助支撑杆来增大作业范围，使作业顺利进行。

打水砣必须手快，慢了水溜子就把水砣拉走了，好比刻舟求剑。在船上还得保证这个点的准确，所以速度要快，下去有数后马上提上来，否则读数就不准了。大水砣有 40 多斤重，陈兆海一般稍微预留出来一点钢丝绳，扔出去的时候速度很快，他一直用手倒，这个功夫需要练。刚开始练的时候要用小一点的水砣，手法练熟了再拿大的。

打水砣是个很有劳动强度的体力活儿，那段时间陈兆海左右胳膊都不一样粗了。他把几十斤重的水砣不停地抛出去，抛完再提，提上来再抛，这个动作每天要重复不知多少次，大窑湾那些项目都是这么手工测量的。可能是表带松动的原因，一天陈兆海把哥哥从日本给他买的手表连同水砣一起抛进了大海里，陈兆海很后悔戴着手表出来工作。领导为了缓解他的郁闷心情，当晚让食堂多做了好几道菜。

有时候动动手动动脑，一个小竹竿都能起到千斤顶的作用，陈兆海在工作中尝到了发明创新的甜头。当时高端设备不能用，就只能用这个土办法。后来一些大型项目基本是用智能化、数字化、可视化的设备。但几千万元的小项目，把这些高端设备投进去成本太大，一些老办法还是可以派上用场的。

当然如果地理环境允许，先进设备肯定要比原来判定的结果准确得多，而且现在数字化的密度也大了，也比人工详细得多，水下的地形分析也细致，要是三维的话都可以知道水下哪个地方是什么状态，原来就只是凭感觉。

后来陈兆海反复研究，他发现使用那个高端仪器必须控制那条船，因为在整个过程中船是摇摆的，平衡度达不到。高科技的设备在标准的环境下都有一个标称精度，受外界不确定的因素影响就不能满足标称精度，但是在水下受温度、盐度、深度等因素的影响，误差可能就变得很大，那种误差可能就超出想象了。

通过这件事，陈兆海反思，工作过程中肯定会出现一些问题，能解决的都是常态问题。之前没遇到过的问题，遇到后自己想办法解决了，以后别人再遇到这样的问题，他就能帮助其解决，多解决难题对自己本身也是很好的锻炼和提高。

第六章 喜获优秀测量能手称号

当年陈兆海没接触过电脑，每次测量回来他就用铅笔按照比例在米格纸上画图。那天部门来了个大学生，他说量这么大，我来帮你吧，大学生用电脑画图，速度特别快。陈兆海眼前一亮，以前都是拿计算器算，现在把设计图纸放里面就可以量出来，没必要再算了。

这又把工作进化了一步，电脑这玩意儿可是个好东西，陈兆海发现了新大陆。当时只有工程师办公室有那种台式电脑，但也不让随便碰，陈兆海没事就往人家办公室跑，去学电脑。

因为是零基础，他学得很慢，有时候人家在工作，他就在旁边看。顺便问问这个图是怎么画的，那个又是什么功能，平时他怕影响人家正常工作，就利用中午休息时间自己上机摆弄，里面好多指令他都看不明白。

他的办法就是问和记，哪个菜单在哪个位置、下拉后在第几个，或者英文开头字母是什么，第一步怎么操作，第二步怎么操作……全都罗列在本子上，这个办法虽然很原始，但是好用。陈兆海很感谢这些大学生，人家也不嫌烦，教得还很有耐心。

陈兆海觉得自己学历不高，底子比较薄，于是就慢慢学慢慢做，做好了让人家帮忙检查一下。工程上很多东西是相关联的，他们虽然不干测绘，但他们会编程序，你给他一个公式，他就告诉你怎么把它应用到测量上。一些办公软件如 Word、Excel、PPT，陈兆海慢慢也学会了。

学的这些一点一点都在工作中派上了用场，后期在矿石码头上，他又接触到先进仪器，一个是分米级的差分全球定位仪器，再就是单波数的测深，在这个项目上他知道了 CAD、Word、Office、Excel、PPT 等软件名词。

他逐渐掌握了这些软件的使用方法，尤其是 CAD，数据准还可视化，从量取坐标到计算它的距离角度都能实现，原来需要一个一个计算，现在通过软件全出来了。对于CAD陈兆海觉得自己还不是太精通，但起码能保证在工程上的应用。

后来公司引进新设备，全是英文，陈兆海去参加培训，他劝其他人都拿本记，但别人有自己的思维，他还是

测量技能比赛外业考试现场

老办法，里面菜单很多，技术人员都是根据项目来讲，对于他们的这个项目哪些能用，哪些不能用，这里边就有选择性了，选哪一个，怎么设置，怎么输入参数，技术人员讲得快，对他们来说很简单，但对陈兆海来说却很难。回去经常卡壳，那就只能打电话问，直到问明白为止。

2003 年 10 月陈兆海还参加了一个比赛，是一航局的测量技能比赛，也就是通过这次比赛，大家认识了这个爱钻研、吃苦耐劳的年轻人。当时公司选拔他排第二名，前四名可以代表三公司去参加一航局的比赛，当时也没有正儿八经的培训，就发了一本书。因为那时候刚接触卫星定位，书本内容很多，考理论时就包括了这本书上的内容，测量规范、卫星定位这些专业名词他根本看不懂。

后来公司找来一个大学生给大家讲课，他讲得也是不清不楚，大家听得直犯困。其实别的公司早就应用在项目上了，三公司用得比较晚。当时公司也给了大家一个大题库，陈兆海天天兜里面揣着提纲，见缝插针去背题，当时也没有时间天天躲在屋里复习，该干活儿还得干活儿。

海上作业潜水上来换人时大概有四十分钟的间隔，他就利用这个时间背题，当时是夏天，海边的蚊子特别多，他背得很专注，回去才发现被叮得满身是包。

陈兆海进厂八年第一次参加局里的大型比赛，他很珍惜这次机会。那时候陈兆海整天待在施工现场，连公司都没去过几次，公司领导的面他也没见过。现在要去局里比赛了，确实让人兴奋。听说比赛在山东进行，山东和大连隔海相望，那边又是怎样的风景？陈兆海满心憧憬。

他把这个消息告诉哥哥，哥哥也给了他一些建议和方法，比如把需要背诵的题写在小纸条上，每天有计划地去背完几个纸条，这样比捧着一本提纲背诵效果好。晚上怕影响其他人休息，陈兆海就去食堂背题，背着背着天就亮了，他回住处准备一下，然后出发去码头干活，食堂师傅看他这么用功也很怜惜，小伙子不要这么拼，身体要紧。陈兆海笑说，他要去参加比赛了，特别希望自己能拿个奖回来。陈兆海晚上再去食堂背题，那个师傅就会给他准备点面食当消夜。

终于去参加比赛了，陈兆海又激动又兴奋，可是在比赛过程中他遇到一个意想不到的问题，当时他用惯了公司的全站仪，对其性能也了如指掌。可眼前这个仪器他从来没见过，和平时用的型号完全不一样。当时规定可以带仪器参赛，但他把仪器带走，现场就没法干活了。

他找到主办方说自己没用过这个仪器，不知道如何操作。主办方简单教了一下，前期仪器的架设都没问题，就是过程中使用的程序不一样。第二天就要比赛了，陈兆海给自己打气，千万不能慌，从前看的武侠小说中一个人可以在一天之内背完一本宝典秘籍，那他就要用一个晚上把程序刻在脑子里。

第二天他外业操作居然得了第一名，当时要求把仪器摆成 1.5 米的高度，分三次进行。第一次他差了两厘米，第二次、第三次没有误差，正好摆到 1.5 米。在现场他用身体当尺子，从地面到鼻尖正好是这个数，师父教的那些技艺在这里大放光芒。

理论成绩稍差一些，卷面全是卫星定位系统这些原理，因为之前他太专注于那个不同型号的仪器。再加上他也是太疲惫太紧张，之前背的那些题在考场上就模糊了。

这次比赛陈兆海赢得了优秀测量能手的称号，这也是他在测量行业的一个转折点。公司一共有四个人参赛，只有陈兆海获此殊荣，奖金是一千元。前去陪同的领导也很开心，他们要为陈兆海庆功，可陈兆海却马上要去天津参加专升本培训班学习，因为是技校毕业，他总认为自己学历低。这个培训班是局里和长沙理工大学联合办学，他每年学习两次，每次时间为一个月。领导笑着说，看这小伙子忙的！年轻人忙点是好事！

培训学习结束陈兆海才回到矿石码头现场，徒弟获奖师父脸上自然有光，当时赵师傅精神振奋，就像他自己获了奖。陈兆海要请大家吃饭，当时码头上没有水，每天都有拉水车送水，陈兆海就坐着拉水车出去买菜，螃蟹、对虾、扇贝、海螺，整个一套海鲜大咖，由师父掌勺，他把锅碗瓢盆弄得叮当响，他用这种方式为徒弟喝彩。

经理也来到工棚和大家一起庆祝，这也是他们项目部

一航局 2018 年测量技能比赛表彰会

的荣耀，整个工地一派喜气洋洋，经理宣布嘉奖陈兆海，他用一张大红纸写了嘉奖令贴在食堂，红纸上赫然写着“陈兆海同志获得全局大奖，项目部特此嘉奖二百元”。陈兆海简直太兴奋了，那几天他特别愿意到食堂去，就坐在喜报的对面一个字一个字地看，他能感到一种很强烈的荣誉感，食堂师傅拍拍他，小伙子好样的！付出就有回报，后期他又被公司评为先进个人和劳动模范。

在工作过程中陈兆海有个发现，同样一个活儿几个老师傅的思路都不一样，但最终都能把任务完成，只是过程不同罢了。老师傅们之间交流也少，可能他们在技术方面都比较保守。当时谁干得又快又好陈兆海就跟谁学。他只是个毛头小伙子，虚心请教谁好意思拒绝？当然也有拒绝的，他也不急不躁。每天吃过晚饭，他就负责给老师傅们泡茶，他们有什么事陈兆海都主动帮忙，他也不担心自己师父会生气，多学本领才能把活儿干好。

大家成天聚在一起干活，老师傅干活时陈兆海悄悄在一边看，有时候看着看着就能看出门道来，实在看不明白就上前询问，一次问不明白那就两次三次，实在不行就追到人家住处问，有时候顺便带上一点小礼物，这个也需要脸皮厚，陈兆海觉得脸皮厚点没坏处，老师傅们的好技术、好方法全都拿到了自己手里。

陈兆海自己的师父已经很厉害了，他想把其他人的精湛技艺都拿过来，在工作中会更便捷，即使有些方法暂时用不上，也要先把它存到脑子里，特殊地方也许会用得上，反正留在脑子里也不会过期。

第七章 当班长

矿石码头后期赵师傅被调到别的项目上，当时测量班一共六个人，陈兆海最小，他和师父住一个房间，旁边屋里还有四个人。早晨五点多陈兆海去船上干活，中午回去时，发现自己那个房间收拾得干干净净，师父走了。因为赶工程，师父走得急，前一天晚上他跟陈兆海说，这个班长你接了，领导也同意。他就留下这么一句话。

这个时候陈兆海业务方面已经很出色了，技术归技术，但是班长这个角色怎么干他心里也没底，师父也没跟他交代一下。当时陈兆海确实有点发愁，一点心理准备都没有。晚上项目经理和副经理还有总工找他正式谈话，让他接任这个班长，工作方面有什么问题直接找他们沟通就是。2004 年陈兆海在工作的第九个年头，成为测量班班长。

因为年轻，领导也担心他管理不好，当时他师父把班组弄得很团结，好几年都是一航局的先进班组，以前都是师父具体安排。他让干啥大家就干啥，只要把活儿干好就行。现在他真不知道该怎么安排别人，还有点不好意思。

陈兆海带队员进行日常训练

以前都是师父安排，让这个人干什么活儿，让那个人干什么活儿，陈兆海不知道如何把大家的优点都发挥出来，不是每个人都能打水砣。有人能力强有人能力弱，还有人晕水不愿意上船干活。

后来调度和经理给他打电话，让他赶紧安排工作。刚开始那边一喊陈兆海自己就去了。但这些活儿也不能就他一个人干，他也干不过来。怎么去协调呢？一天晚上，陈兆海买了海鲜请大家吃，也顺便和大家沟通一下。他们告诉陈兆海，有活儿就直接安排，大家会像支持赵师傅那样支持他。

陈兆海怕协调不好心里没底，谁干多了，谁干少了，这些都是问题，闹得大家有意见下一步怎么办？他师父岁数大能镇住，陈兆海技术能力可以，但管理并不在行，怎样把团队这些人的心都拢到一起去，刚开始他满心顾虑。在领导的支持下和这些老师傅老大哥的帮扶下，两个月后才一点一点理顺。

当时陈兆海 27 岁，在央企这么年轻就当上班长挺不容易的，之前师父常在他面前炫耀，说自己 30 岁就当了班长，那时候也没电视，晚上就是唠嗑讲故事，师父给他讲自己一步一步的历程，怎样提高技术水平，怎样获得尊重，当好多地方都非你不行时你就厉害了。那时候在陈兆海心里，师父是最厉害的，他的业务能力确实让人崇拜。

那时候陈兆海心里就有个小小的目标，希望自己有一天能超越师父。人都说三十而立，在师父那儿他也找到了自己的努力方向，谁能想到在27岁时他就当上了班长，也确实有点措手不及。

这期间他也给哥哥打电话聊到这个事儿，哥哥告诉他，技术方面你作为班长责任摆在那儿，出问题也是你班长的问题，这个责任你必须担起来，管理方面你要有计划，提前把方案规划出来，其他人按照你的规划去完成就是，凡事要打出提前量，计划性一定要强。

当了班长以后，陈兆海慢慢去摸索，成天逼着自己想事，今天要做什么明天要做什么，这些人应该怎么分配，反正就那么多人，又不能耽误现场施工，怎么去协调，谁晕船，谁不晕船，谁看仪器行，谁主测行，谁辅助行，谁水砣打得好，这些都得把握好。

至于多干少干这件事儿，陈兆海这样和大家讲，就算今天你一个人忙，别人在屋里喝茶没出力，也不要有什么抱怨，可能某一天你在屋里喝茶，别人在那边干活，都是互相的。解决这些矛盾，往往能让团队更和谐，更有凝

陈兆海现场指导队员

聚力。

没有师父当后盾，自己也能把担子扛起来，他应用师父那种管理办法发挥每个人的强项，他的这个团队真像个大家庭一样，不管是工作上还是生活上，大家都彼此友爱、互相帮助。矿石码头二期，就是陈兆海独立带队完成的。

队员苦练技能

陈兆海他们在观测中能碰到这样的事：人家喊，怎么测量还不启动？磨蹭什么呢？其实海上作业经常会遇到一些困难，包括最初用仪器在海上安装沉箱，它会随着海浪一会儿偏东一会儿偏西，那数据怎么启动？陈兆海不想在现场被人指责干活不利落，一会儿东一会儿西，脸面上也过不去，不提供一个最准确的数据，人家接下来的活就没法干。

在这个过程中陈兆海发现了一个规律，仪器左右晃动时上面有个横尺，这个尺就是木质的塔尺，设计的位置设定一个整数，左右都有 10 厘米，晃动时取最大值和最小值的平均值，平均值偏多少落地就是多少。那天他也没跟谁说，就按照这个方法来，最后落地和他当时报的数完全一致。陈兆海找到这个规律，并且这个方法经过论证完全可行。

后期一些围堰施工都使用这种办法，安装时尺子左右摇晃，它左边有个极限，右边有个极限，那就把两个极限的数看出来，取个中值报上，然后起重就可以根据这个值调动沉箱，这个方法在以后的施工中一直沿用。

动态安装的过程中可能会出来一个数，它不一定就是偏这个方向，可能水平是个斜的，那就以落地的位置为准。反正过程中得想办法把活干好干准，想办法把体能消耗降到最低，那就是创新。在不断遇到问题的过程当中，陈兆海都想着如何去解决而不是回避。

测量工作中细节很重要，稍不注意就会出事故，每一个项目数据量都特别大，有一个数据差了，混凝土已经抹上去，低了或者高了，都能直观看出来，那就是测量出问题了，所以测量的责任重大，那么大的工程干这活很需要点胆量。

矿石码头第二期设计没出来时，陈兆海去了一趟烟大轮渡，那边的项目经理给他们项目经理打电话让他去帮忙，就是做高程首级控制网，因为下面挖得比较深，来回精度要求很高，做完之后，那个项目领导非常满意。

有个大学生看着陈兆海一脸惊讶：你把这些软件摆弄得这么明白，你好厉害呀，你真是技校毕业的吗？这些软件一般大学生都精通不到这种程度。陈兆海心里暗笑，谁知道当时为了学这些自己脸皮有多厚！成天赖在人家办公室像个小学生。可脸皮厚来厚去，这些东西就变成自己的了。他很庆幸自己是个“厚脸皮”。

第八章 爱情悄悄来临

在矿石码头后期，陈兆海已经到了结婚的年龄，当时逢年过节他都不敢回家，有时候就跑到师父家去蹭饭，可节假日不回家看望父母总归不是那么回事。回去头一天还好，给他做些好吃的，第二天母亲就开始唠叨，你好几个同学都有孩子了，你看你这么大岁数连女朋友都没有！本来准备待个三四天，两天后他就说单位有事先回去了，这期间有人给他介绍过几个对象，可因为他这种工作性质，对方都婉言拒绝了。

母亲心疼儿子，说现在的女孩儿要求高，不行就买个房子吧。陈兆海就在机场附近买了个小房子，他把父母也接过来了，其实他一直都盼望和父母在城里生活，他们在身边，自己就有家了，至于女朋友还要靠缘分。

有一天母亲买菜时遇到一个老乡，两人就聊起来，母亲说家里的小儿子还没对象，对方说她认识一个不错的姑娘。那时候陈兆海也没这个心思，当时他正带领班组干得热火朝天，争取拿先进班组呢。他师父在这儿的时候年年是先进班组，不能他当班长后就断掉，得把先进班组拿回来，不能把这个牌子弄丢了。

母亲执意让他去看，时间都帮他定好了。陈兆海叮嘱母亲一定要告诉人家自己的工作性质，都说好女不嫁航三郎，即便项目在大连，一周也只能回家一趟。如果对方能够接受这一点，他才同意去看。否则真没有见面的必要。

当时正赶上国庆节，他就回去见了一面。姑娘笑了，说我们认识，陈兆海有点迷惑。仔细看，确实有点眼熟，我们是小学同学？姑娘摇头。初中同学？你再想想。那年夏天……姑娘的自行车坏在村路上，当时还下着雨，她索性就拖着自行车往前走，样子很是狼狈。

陈兆海刚好碰上，当时也没有工具，他硬是用一片石头把自行车修好了，弄得满手都是油污。当时姑娘还觉得挺不好意思，说要给他辛苦费，陈兆海怎么都不肯收。陈兆海也想起来确实有这么回事。他动手能力强，平时愿意帮人修个东西，不止一次在路上帮人修过自行车，陈兆海为自己当年帮过这个姑娘感到窃喜。

其实他们双方父母都认识，两家村子离得很近。他们因为自行车邂逅又重逢，后面发展的就很顺利，这是个单纯的姑娘，她并不介意陈兆海的工作，却庆幸自己遇到了一个善良的小伙子，缘分就这样开始了。

回到矿石码头后，两人每天都要通电话，陈兆海总是把工作中的喜悦分享给对方。他的喜悦是在工作中遇到了什么难题，他用了什么办法去攻克去解决，姑娘在电话那端笑了，说你这个人真有趣，遇到了困难怎么像遇到了知己。

这话被姑娘说中了，陈兆海就是这样一个人，别人的阴天在他眼里就是晴天。并且他有把阴天变成晴天的能力，只是时间问题。陈兆海讲他晚上一个人在海上作业的感觉，闷了就数天上的星星，他们相约一起去海上数星星。

两人见一面不容易，总是电话沟通也不行，一段时间后姑娘的模样在陈兆海脑子里都模糊了，他很珍惜这份感情。就去找领导实话实说，他想请个假，自己女朋友的模样都有点记不清了。领导也实在，说好不容易人家没拒绝，你得维持下去，争取明年把婚结了。姑娘挺朴实的，话也不多，分别前送了他一盒防晒护肤霜，陈兆海心里暖暖的，这是个细心的姑娘。

就这样相处了几个月，陈兆海父母着急了，他们觉得两个孩子相处得不错，可以结婚了。于是父亲就去找人家父母商量婚事，这下给姑娘弄火了，她在电话里告诉陈兆海，结婚是两个人的事，父母这样干预就是对她的不尊重。

当时陈兆海正在矿石码头现场，这个事儿他压根儿不知道，陈兆海耐心地向她解释，老人操之过急不对，但他们也确实认为你人好，他们不认可会急着让我们结婚？然后陈兆海又和父母沟通，让他们少安毋躁，好不容易遇到这么好的姑娘，愿意彼此有一个结果。

工友们鼓励陈兆海，那么多技术难关你都能搞定，恋爱结婚也一定没问题。在工友们的鼓励下，陈兆海每天都给姑娘打电话，不管人家爱不爱听，他就在这头嘟嘟囔囔，他在学习技术上尝到了脸皮厚的甜头，恋爱当然也不例外。他利用业余时间去海边捡了好多贝壳，回来就用小锉锉出一朵朵花瓣，然后用强力胶把它们粘到一起……

2005年矿石码头二期开工后，同步在大窑湾的四号五号泊位也开工了。陈兆海已经成为响当当的技术能手，那时候人员紧张，他只能两边跑。当时大窑湾那边没地方住。有时候干活干到下半夜还得回到码头这边住，这个时候班长的协调工作就显得尤为重要。前一天要弄清两边都有哪些具体工作。哪个时间段需要干哪些活儿，而且这里面还牵扯到休假问题，大家都没有固定的节假日，但可以串休。

这个工程他们六个月就完成了，那真叫“中国速度”。几乎是二十四小时不停在作业。这个项目最开始需要下鸭蛋形状的沉箱，所以安装时必须控制好，那么多，一个对一个方向不能走偏，它和圆形的不一样，现场得量出来才能保证精度。陈兆海和他的班组确实下了很多功夫。

工程结束，领导给大家放了几天假，陈兆海有一件重要的事情要去完成，为此他已经筹划了很久，他捧着贝壳玫瑰和工友们一起去找姑娘求婚。

陈兆海说自己在矿石码头断断续续干了五年，2007年矿石专用码头工程还获得了第七届中国土木工程“詹天佑”大奖，这期间他个人还获得了“优秀测量能手”称号，他们班组还获得了“劳动竞赛先进班组”，并评上了一航局先进班组。

在这个项目上他掌握了高端先进设备的使用，学会了办公软件的应用，还当上了班长，像他们这样的央企，三十岁前当班长是很了不起的，他比自己师父还早了好几年。个人能力也得到了公司的认可，矿石码头是他人生的一个重要转折，一个里程碑，一个好兆头，一个好的开端，他连续五六年获得一航局先进个人，后来又获得“五一劳动奖章”、技术能手等等荣誉。

他经常连续几天几夜随船在海上工作，经常为了工作而废寝忘食。这样就很快掌握了水砣的操作过程与检验方法并圆满完成了本职工作。得到了公司、业主单位的好评。在三十万吨码头这个项目上，他学会利用一些资源，遇到不懂的、不会的马上打电话咨询。

其实他和要求婚的姑娘算是旧相识了，那个细雨蒙蒙的夏天他们的缘分就开始了，如果对方答应嫁给他，那他就是世界上最幸福的人了。姑娘有趣地说，听着你说的话怎么像给领导汇报工作？哈哈，在场的人都笑了，这时工友们拿着他所有的获奖证书在一旁助威，姑娘在这么强大的攻势下怎么可能不答应！

2006年是双喜临门的一年，陈兆海的测量班荣获大连市总工会、大连港集团颁发的“大连港重点工程建设劳动竞赛先进集体”称号，同年陈兆海结婚了，当时领导想在食堂给两人举办婚礼。陈兆海不愿意给领导添麻烦就谢绝了。当时陈兆海没有存款，买那个小房子还有贷款，还和父母住在一起。陈兆海给妻子承诺，三年到五年的时间里他们一定另外再买一套房子。那期间每次发完工资，他兜里只留一百块钱买烟，剩下的全部“上交”，三年后他的承诺兑现了，通过这件事妻子对他的认知更不一样了。

后来再回想起那段日子，他心中也是颇多感慨。那时候太穷了，但是给妻子的承诺兑现了，当时也有可能是“画大饼”，但那个时候也确实看到了希望，当时项目比较多，收入也越来越好，日子越过越有盼头了。陈兆海觉得在这个过程中大家共同努力经营一个家，跟坐享其成完全不一样，是彼此共同的付出，成就感比较大，珍惜程度也不一样。

第九章 航母摇篮上喜得贵子

2006 年 9 月，陈兆海来到 30 万吨级船坞工程——号称航母的摇篮。这个工程位于大连市西岗区海防街五号，就是造一座船坞，坞内尺寸为 370m × 86m × 14.6m，坞墙为沉箱重力式结构，共计 50 个沉箱，坞口为钢浮箱，坞底板采用减压排水底板。

在这个项目上测量一度达到了 17 人，因为它旁边又建了一个舾装码头，都是同步进行的。海上作业都是一些年轻人，这地方的好处是不像矿石码头风浪那么大，五六级风照样能干活儿。当时班里最小的也就二十岁出头，有时候工作到后半夜，他们回来还能闹一会儿，精力很是充沛。

船是他们的运输工具，也是测量的操作平台，这个船坞的工艺对水下基础要求是 ±2 厘米的偏差。当时他们三公司有 RTK 仪器，但陈兆海在项目上没有使用过，当时这个设备已经能达到厘米级的精度。

陈兆海给项目部打报告，那时候买这个仪器要十八九万元，很贵的，领导研究决定别的项目部有就先借用。当时师父在庄河电厂，他们项目部有个多余的，领导给陈兆海派了台车去庄河借回来了。现场有一个简单的培训，陈兆海又找别的项目上用过这个仪器的人来给大家培训，过程中确实问题很多。

人家培训的时候说，用载波下位来实现厘米级的精度，可载波是什么，下位是什么？陈兆海都不知道。之前在技能比赛上，有人给他提供了一本《工程测量学》，书里面就有一个章节是关于 GPS 全球定位系统的 RTK 技术，他认真阅读了这个章节。他试图先把原理了解一些，不然人家说的那些专业词语他根本听不懂。

在公司内部凡是用过这个仪器的人他都登门拜访，或者把人家请过来。听说大窑湾有人会用，他就打车跑过去。后来通过公司联系到销售，销售虽然不懂技术，但那些原理比陈兆海知道得多。后来有些问题销售也解决不了，他们就帮陈兆海引荐厂家技术员，陈兆海和人家反复沟通，即使在休息日也刨根问底。

陈兆海做了大量工作，最后总算把这个仪器研究透彻了。他掌握了 RTK 实时动态定位，RTK 实时动态定位技术是一项以载波相位观测为基础的实时差分 GNSS 测量技术。GNSS 无验潮水深测量，可直接求出泥面标高，采用这种技术进行水深测量，精度高、速度快、效益好。

这个仪器应用率特别高，其间也给别的项目部解决了不少问题，包括用它来进行船舶定位等，当时公司也给陈兆海提供了一些机会，比如让他去参加技术交流会，其间他一边虚心向别人请教一边啃书本，尽量把问题搞明白。他确实学到了不少新技术，可能有一些工艺目前用不到，但是知识不白学，早晚能有用武之地，之后的一些项目上，陈兆海确实用到了在技术交流会上学到的一些技术。

在这个项目上，领导明确表态，精度一定要高于设计的要求，第一个沉箱安装时陈兆海很紧张，他自己把电脑捧到现场，已经让人把数据核实过，岸上基准这方面已经上报监理审批过也没问题，但他心里还是没底。因为过程中主测所观测的数据，不能出现一点错误或者误差，主测数据的对与错，也是由多种原因造成的，那是这个项目最紧张的一次。

这期间在矿石码头那边学的电脑软件应用在这里全部派上了用场，当时部队首长还来过两次，对工期有明确的要求，因为舰还在外面停着，为了让它早日归位，项目部需要封闭管理大干一百天，这期间谁都不能回家，离开十分钟都不行，每天现场都会变化，工程进展特别快。

那时候身为班长的陈兆海每天都马不停蹄，真回家休息一天，第二天可能就衔接不上了，不知道前一天发生了哪些变化。所以一百天当中他寸步不离。当时住在临建公房里，离工地还有一段距离，领导看他们辛苦就给每个班组配了两辆自行车，有了自行车方便多了，还可以驮上仪器。工期为两年半，他们提前四个月完成，为项目部赢得了上千万元的赶工奖。

这期间陈兆海妻子怀孕了。大干一百天时，妻子已经有八个月身孕，她一个人去医院产检，在医院产检时她看到几乎所有的孕妇都有家人陪伴，只有她孤身一人。有时候闷了就去街边花园坐坐，她看见对面也坐着孕妇，可人家身边有自己的丈夫。妻子心里一阵凄凉，这会儿才知道为什么好女不嫁三航郎了。

实在闷了她就坐公交车去施工现场，施工现场那种环境更不适合孕妇。陈兆海只能陪着她在食堂吃点儿东西，吃饭期间陈兆海也是电话不断，妻子不介意，只要他在身边就好，可工地毕竟不能久留，妻子吃过饭就自己回家去了。陈兆海望着妻子的背影心里一阵酸楚，心里想，等项目结束一定好好陪陪她。

妻子即将临产，已经住进医院，陈兆海和领导请假，领导也无奈，这么个大摊子你走了现场这活怎么办？领导建议他提个副班长，这样可以缓解一下。当时陈兆海经过综合考虑，有个小伙子工作能力还行，但是性格太内向，他也是陈兆海带的第一个徒弟。那就让他当副班长。

2007 年 8 月，陈兆海喜得贵子，他在医院陪了妻子三天。这期间电话就没间断过，尤其影响产妇和孩子休息，孩子刚睡着就被电话铃声吵醒了，妻子很不高兴，当场就气哭了，陈兆海只能找个月嫂来照顾妻儿，然后直接去了工作现场。

刚提的副班长对管理方面不太在行，不管是大问题还是小问题只能陈兆海一个人盯着。那段时间他一手电话一手对讲机，晚上睡觉都搂着这两样东西，不知道什么时候就有电话打过来。因为舾装码头那边也在同时开工，他必须两头跑，那边沉箱比较矮，还得赶最低潮时人才能站上去。那就要看潮水时间，潮水有时候后半夜退有时候前半夜退，陈兆海都要在现场。

那段时间他的心思全在工地上，满脑子都是活儿，一个月电话费都有四百多块。他心里知道对妻儿的亏欠，但他的工作就是这样，这种情况就算陪在他们身边，也是“身在曹营心在汉”，反而会给妻子带来负面情绪。

陈兆海在这个项目的两年里都是随时待命，脑子里一直绷着根弦。当时钢材涨价很厉害，投标的时候还算便宜，这个业主不负责，赔的是陈兆海他们项目部，这个项目提前四个月完工，得到了业主的嘉奖，通过这种方式也给项目部挽回了一些损失。

后来公司出台了一个政策——农民工转正，测量这边给陈兆海派来几个人。来之前他们都经过公司的培训。陈兆海要再考核一下，他从几个年轻人身上看出了问题，比如他们在船上扶尺，扶的也不负责，团队意识很差，有那种我不管你测得怎么样，你也别管我扶得怎么样，眼看这个尺是斜的，他就把数读出来了。几乎各个项目陈兆海都带他们过去，在工作中指出问题。

他告诉这些年轻人，自己刚参加工作的时候也没人领着，都是自己主动找活儿干。场地多大、怎么规划厂房、运输场还有临建的住宿这些基础都得测量去做。平常做辅助陈兆海也跟他们一起去，现场教他们在海上打水砣，还有一些设备的应用。但是在这个过程中不是每个人都能领悟窍门，有人学得认真，有人逃避、怕吃苦，冬天太冷，他们也确实辛苦。

陈兆海教他们如何使用设备、如何计算，还要给他们讲设备的一些基本原理。他告诉这些孩子不是拿了设备你就会用，里边有不少学问呢。仪器可以测角度，你可以摆两个东西放在那儿，中间架个仪器，三点就可以合成一个角度，这个角度不是每个人测的都一样，这是个死角度，观测时必须满足规范的精度要求。

陈兆海想培养出几个主测，项目那么多，离不开主测。主测是通过辅助人员和一些辅助的设备来读取这个数，读取后把这个数据记录下来报给现场，汇总画图都以这个数据为准。仪器观测不好也会影响数据，仪器架的位置不对也不行。

所以为什么一开始就练架仪器，因为测量就是测角度和距离，把这些数据融合在一起计算，空间坐标 x、y，就是 x、y 都需要从角度、距离算出来，角度和距离无论哪一个有问题，这个数据就都是错的。比如门机吊，它是两条轨道，这两条轨道如果不平行它肯定走不过去，所以得保证这 400 米长的直线，从头到尾都是平行的。

按规定，天气恶劣时可以休息，但陈兆海不让大家休息，他领着孩子们在院子里练基本功，就是天天去摆仪器，包括仪器的安全保护，每天都反反复复地架，直到他满意为止。他还要求速度，架个仪器就要用十几分钟，多耽误干活儿。

其实培养好了或许他们将来就是公司的测量主力。陈兆海让他们练习打水砣，但打水砣这活儿不是谁都能干的，十个能培养出来两个就不错了。打水砣确实需要点悟性，要不然把水砣扔水里，半天没数，就算你读个数，这个数也不一定可靠。

测量工作责任太大，一个是怕出错，因为要根据你报出的数据去施工，弄错了就是事故。另一个是设备十分昂贵，也怕使用过程中有磕碰。测量过程中，这种事故很多项目都存在，要尽量去避免、去控制。这个活儿需要十分的心细，正常十个人能有两个能胜任的就已经很好了。

第十章 一份真诚的关爱

这期间测量班里有几个农民工在陈兆海的严格要求下已经转正，当时他对他们非常严厉，在工作中出现问题的几乎都被训哭过。他常和这些年轻人说，一个大项目从开始到最后结束，这个过程中要用心做好总结。

比如在这个项目中都做了哪些工作，用了什么方法，学到哪些东西，工具都怎么使用……那么再干下一个项目基本就成熟了，完全可以独立去完成。现在想起来陈兆海也很怀念跟他们在一起的那些时光，他们现在都四十多岁，偶尔坐在一起聊起往事都历历在目，那是生命里最珍贵的记忆。

当时这边活儿还没结束，中远船坞就开始做了，陈兆海只能再分一拨人去那边。那时候他们测量班是分散的，旅顺、大窑湾、东港，好几个项目，虽然派了人过去，但他时不时还要到现场，后来项目越来越多，他把能力强的都分散到下边去，新项目上老师傅也少，那时候老师傅都在外地，后来有几个老师傅回来就把他们分配到一个个项目上来带这些年轻人。

因为有过矿石码头独立完成的经验，还有那时学的一些新工艺和办公软件，在航母摇篮这个项目上应用率很高，所以干航母摇篮项目时明显感觉到了轻松。项目经理对陈兆海工作能力的认可度很高，他几乎不怎么参与，包括总工也一样，工作安排下来交给陈兆海就放心了，在这个项目上他们确实也创造了水下精度。当一个项目完成之后，每一个出过力、流过汗的人都特别欣慰、特别有收获感。

这边工程结束，陈兆海就请朋友开车把妻儿带到香炉礁航母摇篮。他抱着儿子轻轻地说，你还在妈妈肚子里的时候，爸爸已经在这个工程上了，爸爸没时间照顾妈妈，那时候妈妈真不容易，当时爷爷奶奶有事回了老家，她就自己买菜自己做饭吃，偶尔她会挺着大肚子过来看爸爸，然后一个人坐公交车回家。望着她的背影爸爸心里很愧疚。可是有什么办法？工程这边扔不下。

爸爸要和叔叔们加油干，让辽宁舰早点回家。你出生的时候，正赶上我们大干一百天。即便在医院那三天也没

陈兆海带领徒弟学习

能好好陪你和妈妈，满脑子都是工地那些事儿，电话吵得你和妈妈不得安生，你经常在美梦中被爸爸吵醒，陈兆海说着说着眼圈红了，爸爸会努力工作，努力赚钱，给你和妈妈提供好的生活。小家伙像听懂了似的，在陈兆海怀里咯咯地笑出声……

接着陈兆海又带母子俩去了矿石码头，他告诉儿子，这里是爸爸人生的转折点，在这儿爸爸获得了技术能手称号并当上了班长。还和你妈妈结下了缘分。我很感谢她给了我一个家，现在又把你带来，爸爸觉得自己是世界上最幸福的人了。妻子微笑地看着他。

多么温馨动人的画面，可惜当时没有相机，可这画面永远印在了夫妻二人的心里。他们默默幻想着，如果时间永远停留在此刻该多好，可惜明天陈兆海又要走了，另一个项目在等着他。

香炉礁船坞这边一结束陈兆海就去了旅顺，当时旅顺那边临建都没盖好，之后新机场和星海湾跨海大桥也开始准备了，项目上给陈兆海配了一辆面包车让他几个地方来回跑，这期间他培养的农民工转正的人数最多。

陈兆海本身就是从农村出来的，他对这些小伙子有一份特殊的情感。考试前期他会给分散在各个项目部那些搞测量的小伙子打电话，让他们晚上都集中到自己这儿来。这些人都是半路出家，在陈兆海的严格要求下，能干活儿，但理论基础几乎为零。

陈兆海就按照自己在技校最初用的那本《工程测量学》给他们讲，按照这个思路再结合目前的工作，每晚讲两三个小时，大概到十点结束。小伙子们回去第二天还要上班，但大家都非常积极，谁不想将来有个好出路？谁不想转正？

陈兆海结合这些年的工作经验还有书本知识，包括他自己曾经参加的一些考试，教他们理论计算和实际操作，实际操作就结合现在的场地，只要陈兆海能想到的都教给他们，陈兆海还给大家总结了一套提纲，都是以前积累下来的，还有书本上的一些练习题。

这个考试和比赛差不多，它有理论和实际操作两部分，最长的一次陈兆海给大家连续上了十天课。小伙子们都特别感激陈兆海，都亲热地喊他师父，师父在引导他们走向一条光明之路。

陈兆海告诉大家，他刚毕业那会儿管自己的师傅叫师父，他师父谢绝，非让他在前面加个姓，五六年都不让叫，领导安排跟他学徒，他也不让叫，他说你不能白叫我师父，不能把我这个荣誉给损坏了，就是不能给师父丢脸，要给他争光。小伙子们反应都很快，师父，我们一定给您争光，不会给您丢脸。

那年转正考操作有五道题，陈兆海带着大家练习过三道，理论考试最后一道大题也带领他们练过，那时候他就通过这种方式带领大家练。没人要求陈兆海给这些年轻人

陈兆海现场给徒弟讲解

讲课，他完全是发自内心地想帮助这些孩子。

陈兆海很尊重这些孩子，就觉得大伙儿都在一起做项目，没有什么区别。领导也说，他们就是你团队的一员，应该一视同仁。活儿比较累，领导也照顾，有时候给一点额外的小奖金，陈兆海便把钱平均分配。按理说应该只分给正式工，但在陈兆海这个团队里人人有份。

陈兆海现场指导徒弟测量

陈兆海想尽各种办法来提高这些人的技能，有些东西还需要手把手去教。摆仪器看着简单，有人摆几遍就觉得会了，但得把它练习熟练，熟练后才能得心应手。得一点一点渗透，不能一下子把所有技术都教给他们，否则他们也蒙，很容易因为没信心而放弃。

陈兆海一直强调，一个新的项目做完以后，脑海中应该有个概念，测量在这个项目中都做了哪些工作、都承担什么责任，慢慢细化到哪一步自己还需要完善，差哪儿补哪儿，不能急于求成。

一个项目两年，两个项目就是四年，其实项目的基础建设都是大同小异，除非特殊异性结构的，像鸟巢那种结构，这种工艺需要重新学习。其他比如路和桥，技术上基本是一样的，要学会把共同点往一起归纳。

陈兆海倾其所有，恨不能把这些技术掰开再揉碎喂给大家，以前老话说，教会徒弟饿死师傅，陈兆海却不这么想，他认为技术需要传承，更不会担心被谁超越，只要继续钻研就会有更多更好的平台，公司的、一航局的、集团的。现在技术也在不断更新，不管多大岁数，跟着学就不会落伍。

陈兆海的师父那年去河北，有人说，看教会徒弟把师父挤走了，赵师傅却为自己培养了个好徒弟而感到光荣，这也给陈兆海做出了榜样。一个人再有能力也不能面面俱到，让徒弟们在技术上更成熟，能独立完成工作是他的心愿。陈兆海告诉大家，你们跟着干了两个大项目，回头自己再撑不起来，那就是你的个人问题。

陈兆海觉得遇到这么好的机会，只要技术能力上来，这些孩子就会有个不错的未来，不少年轻人也都希望到他这边来，就觉得跟他干活有奔头，并且他从来都是一碗水端平，工作之余他就是他们的老大哥，但他安排工作时必须得服从。

后来那些转正的农民工，大部分成为主力或者在项目上当班组长，这些人现在发展得都很好，有几个转正的几年后又转岗了，不干测量了。陈兆海觉得挺可惜的，但是谁也看不了那么远，有人转正以后可能看到别的岗位更适合自己，也不能不允许人家转岗。但起码陈兆海是领路人，将他们带进这个优秀的企业，这是第一步。

高峰期有七八个项目同时开工，陈兆海的班组一度达到五十七个人，赶上小型工厂了。这些人由他统一调配，分到各个项目上，平均一个项目五六个人，大项目上接近十个人，后来转正的那些人也都成为骨干力量。

现在集团出台了一个系列 s 序列，从岗位序列 s1 到 s9，就是之前的几级工改成了这种模式。陈兆海以前带过的那些人，大部分在 s4 序列范围里，s4 也是公司未来重点培养的对象。公司领导和陈兆海研究传承和培训的事，陈兆海觉得他将来的接班人肯定在这些人里面。

s4 里面有很多人跟陈兆海一起共事过，他们从这个项

陈兆海给徒弟讲解

目到那个项目，陈兆海手把手去教，几个工程结束，一起共事了有十多年，他们在技术上都达到了一定高度，看到他们，陈兆海心里也是满满的成就感。s4 是技能主管，下一步让他们争取进到 s5，s5 是高级技能主管，是三公司评聘的。s6、s7 属于技能主管和技能专家，是一航局评聘的，s8、s9 是特级技能专家和首席技能专家，是集团评聘的。你越优秀，企业给你的平台越大，那么你通过这个平台就会变得更优秀，各种待遇也随之而来。

下一步怎么传承，陈兆海还是寄希望于这些人，对他们而言不单是能力问题，还要品德好，这个很重要，人品是排在第一位的。人品要是不行，技术能力再强也不可以，人品太重要了。陈兆海已经年过半百，参加工作快三十年了，他感觉自己获得这些荣誉首先是做人方面做得好，他很谦虚地认为技术能力方面，公司比他强的肯定有，包括一航局、中国交建，但这些荣誉落到自己身上，有一部分是领导和同事对他人品的认可。

他常对徒弟们说，你们对父母要是不孝顺，我这关就过不去。他感觉这些徒弟对家庭都挺负责任，对父母也孝顺，他说不知道自己做得好不好，但肯定不差。陈兆海从小就看到父母很辛苦，那时候就想，等自己赚了钱，一定让他们过上好日子。

刚参加工作不久，他便贷款买房子把父母接到了身边，在外地工作时总想办法把当地美食带回家：武汉的热干面、南京的板鸭、上海的鲍师傅点心、云南的桂花糕……父母逢人就讲，跟着他们的小儿子尝遍了大江南北的美味佳肴。

2017 年 1 月，陈兆海带队前往武汉管廊项目，他已经打听好哪里的鸭货最正宗。当时父亲已经病重，可家里怕他担心，没告诉他实情，他打电话给家里，母亲的支支吾吾让他有所察觉。等他赶回来时父亲已经躺在医院的病床上，泪水打湿了他的衣襟。父亲反过来安慰他，已经没事了，你在外面那么辛苦，我们也帮不上什么忙，你要照顾好自己！

陈兆海许诺，等父亲病好后带他去看长江大桥。父亲看着自己的小儿子，曾经那个小萝卜头已经长成参天大树。陈兆海告诉徒弟们要珍惜家人，他不仅教徒弟们技术，还教徒弟们做人。

第十一章 师徒情谊

陈兆海没干过隧道，他就到隧道去待一段时间，没干过公路，就去公路待一段时间，把一些共同点找出来后，把以前干水工的技术往里融合，很多技术是相通的，能融到一起，这就把问题简单化了。

局里会经常邀请一些老师来讲课，其中也包括一些像武汉大学、天津大学、同济大学等高校的老师。有时候是通过视频，有时候来现场，这是一个很好的机会。陈兆海总是积极参与，现在提倡校企合作，这些老师讲的课理论性很强。他们眼界开阔，理论方面分析得很透彻，老师们也高兴与陈兆海他们一起合作。

自己或者别人在工作中遇到疑难时，陈兆海就去咨询他们，老师们平时缺少实践经验，也很高兴一起研究。现在科技很强大，里面包含的内容太多，在研究的过程中能解决不少问题。

按照陈兆海的学历来说，好多内容已经超出他的能力范围，但他非常执着，有那种不到黄河不死心的劲头。他常跟徒弟们说，对于现代科技他可以算得上是零基础，但是必须刻苦钻研，如果跟不上节奏，企业也不可能重用你，想赚钱就要提高自身能力，有能力才能赚到钱，这是一定的。

也不用送礼请客吃饭，他很不喜欢那套，关键是有过硬的技术和不断提升自己。就说仪器的使用吧，不能师父教完只会基本操作，它里面还有很多功能在实际操作中能派上用场。

没转正的也不要灰心，把技术学到手，好多私企在招人，在这儿你就等于带薪学了一门技术。徒弟们都觉得陈兆海说的在理，于是学习的积极性更高了，现在那几个转正的也都在大连买了房子。

三公司特别体恤自己的员工，那时候他们工会有个活动，公司职工结婚登记后给介绍人一千元奖金。有一次陈兆海母亲来单位找他，看见好几个小伙子，就问人家有没有对象，知道没有后，她就发动群众帮忙介绍对象。

老人家可积极了，亲戚朋友、邻居老乡都发动起来了，还把电话打回老家去。功夫不负有心人，千里姻缘一线牵，居然介绍成了两对，解决了大龄青年的个人问题，工会主席亲自给陈兆海母亲发了两千元奖金。

那两对现在孩子都快上初中了，他母亲这人也挺有趣，当时大学毕业生也有很多，他们也加入了测量队伍。但老人家只给那些农民工介绍，有的大学生毛遂自荐，看能否帮自己也解决一下个人问题，老人家只是笑。一个善良的母亲，自己儿子就是从农村一路打拼过来的，她能体会到其中的艰辛和不易。所以对这些农村孩子有一种特殊的怜惜。

大学生是测量队伍里的新生力量，陈兆海常跟他们说，带徒弟归带徒弟，大家彼此要互补，我得把你在学校学的好东西拿过来，因为你能接触了解到更新的科技，要把这些技术共享，我也把我的过硬技术教给你，咱们互相取长补短。

陈兆海希望这些大学生对企业有深入的了解，明确自己的职责，定好自己的方向，最主要的一点是确定对测量这个工作的喜爱程度，是不是能走下去，千万不要师父花了好大力气教，把技术学到手你又转岗了，那样就传承不下去了。

陈兆海跟新来的大学生沟通，了解他们在学校学习的

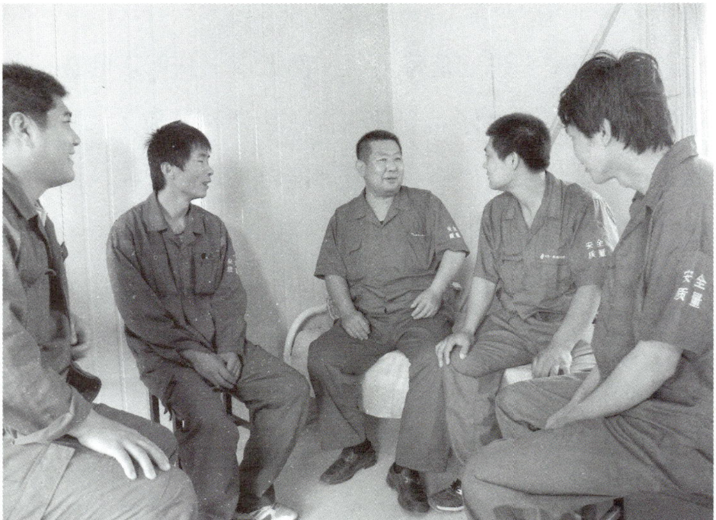

业余时间，陈兆海与测量班成员亲切交流

内容，他们的强项是什么、优势是什么。有些学生真的不错，也很真诚，陈兆海在他们身上看到了希望。

徒弟们对陈兆海也特别好，逢年过节问候拜年自是不会少，他说自己现在还没老，等退休了他们还能这样他肯定会特别欣慰。在这方面陈兆海也给大家做出了榜样，之前每年春节师父都组织工友一起聚会，师父退休后就由陈兆海组织师父和他的工友大年初二聚，地点和人员由师父来定，陈兆海负责联系和买单，就这样一直坚持到现在，算起来也有十多年了。师父很期待这一天，每次都和那些老工友聊到饭店打烊。

对于师父来讲这是每年的一件大事，从饭店的选址到菜品的味道，提前好几个月他就开始计划，师父这些老工友几乎都退休了，他们一次最多能召集十五个人，固定的就那十几个，偶尔还有加入的。

每年大年初二都是师父最高兴的一天，但是那天吃饭都限时。一般是从中午开始，到下午三点就得把房间腾出来，可他们聊得意犹未尽，老工友们在一起有说不完的话，别看都住在同一座城市，但有的一年也只能见这一面，可是服务员来催了。陈兆海又去找了个茶馆，然后把这些老工友一起带过去。他还不忘记嘱咐茶馆的老板，老人们见一面不容易，让他们尽情地聊。

从当测量班长那年开始，陈兆海每年都为师父策划这么一次春节聚会，师父就是爱热闹，也吃不了太多东西，酒也喝不了多少，吃饭是个由头，就是大家在一起高兴高兴。他喝多的时候会说，自己有这么个好徒弟都能延年益寿，然后开始夸奖陈兆海的好，从技术到做人，都有点炫耀的意思了。

陈兆海也很感谢师父那些老工友，他们都很给面子，每年大年初二必到。陈兆海已经把师父当成自家老人，和自己的父母没啥区别。那些退休的老工友都很羡慕师父，他们现在也退休了，他们也带过徒弟，但像陈兆海这样的几乎没有。

陈兆海想过把聚会放在师父家里，找个上门做饭的厨师就行，可后续的收拾也麻烦，他不愿意让师父受那份累。现在没事他也愿意找师父聊聊天，去他家里坐坐。师父爱吃大连老菜，陈兆海就在饭店打包拿过去，师父牙不好，他就在网上看视频学做煎嫩肉，两人边吃边聊，能聊到半夜，都是妻子打电话催了陈兆海才回去，师父家里有什么好吃的也让他给孩子拿回去，彼此早当对方是家人了。

从做人到做事师父教了陈兆海很多，即便在外地他们也常用电话沟通。师父身体不好，陈兆海建议他服中药，师父有点嫌麻烦，陈兆海就让妻子买中药给他送过去，师父喝完自己也感觉不错。师父现在七十多岁了，腿脚也不太好，有空闲的周末陈兆海会带上两个徒弟去师父家里做饭，陈兆海大部分的时间在项目上，时间上不是很宽松，但只要有空闲就过去陪陪他。

陈兆海希望等自己退休后，也有徒弟过来陪他说说话。这事也应该有传承，他的徒弟都表态：到时候成天上你们家蹭饭，别赶我们走就行。陈兆海希望徒弟们好好发展，做一个好工匠，这也是国家提倡的。

第十二章 雄伟的跨海大桥

当年几个项目干下来，陈兆海的儿子已经上幼儿园了，这期间妻子承担了所有的家务，因为他常年在外，偶尔回来还要去看自己的师父，妻子要面对的就是独自撑起这个家，让陈兆海在外面踏实工作，没有后顾之忧。妻子已经习惯了这种状态，为母则刚，一切都自己来。

那时候在项目上陈兆海也经常和家里通话，可儿子对他的感觉还是有点陌生。那天他从项目上回来就去幼儿园接儿子。儿子看着他愣愣的，都没认出来这个人就是爸爸。陈兆海心里很不是滋味。到了晚上儿子悄悄问妈妈，爸爸怎么还不走？他要住在家里吗？陈兆海和妻子对视，彼此心里都酸酸的。

这次休假，他要好好补偿一下妻儿。他带他们去郊游，带他们去吃好吃的。一家三口的行程被他安排得满满当当，时间允许的话还准备带着儿子去庄河老家看看。几天下来儿子就和他特别亲近，吃饭的时候会坐在他腿上让他讲故事，陈兆海体会到甜蜜的天伦之乐，可惜还没乐几天他就被领导派去下一个项目。接到工程任务时，要以企业的要求为主，要求什么时间上工程就得什么时间去，最多让你准备一天。

陈兆海对儿子说，爸爸要去建跨海大桥了，有了这个桥未来就便捷多了。到时候爸爸可以带着你和妈妈去高新园区玩，去旅顺玩。那边的人到市内主城区也会很方便，原来一个多小时的路程，有了跨海大桥，半个小时就可以了。陈兆海匆匆告别妻儿奔赴跨海大桥项目。

星海湾跨海大桥位于辽宁省大连市，该桥西起甘井子区环涛路仁水街交叉口，上跨黄海东至西岗区滨海西路上的金沙滩东侧。其中上层桥面由东向西行驶，下层桥面由西向东行驶。西侧进出口位于高新园区，大桥东段主线通过隧道与东北路相接，中断的匝道与滨海路相接。

西段可以连接旅顺南路及高新园区和其他道路，星海湾跨海大桥经过星海湾广场的南部海域，由于星海湾广场是大连市的主要旅游景点，因此大桥的景观效果占有重要的地位。所以大桥设计过程中在保证使用功能及不大量增加造价的基础上，还考虑了景观效果及环保要求。

陈兆海与儿子

2011 年 5 月，陈兆海来到星海湾跨海大桥项目，这个项目安排给他们测量班的主要任务是锚定沉箱安装，这在当时是亚洲最大的一个锚定沉箱，安装的精度要求是 4 个角 ±5 厘米，再一个就是连接索塔，索塔有 130 米高。所以精度要求特别高，主要是控制索塔，操作的时候要爬防护楼梯。

那个楼梯有 100 多米高，站在上面都眼晕，刮大风时上面还晃，这也影响到测量的准确性，所以他们都是多次测量来取平均值。当时的劳动强度比较大，100 多米高的楼梯，相当于三十层楼那么高，陈兆海他们每天都要爬两三趟。根据放样结合实际情况，有时候在上面工作四十多分钟，有时候两个小时左右。

在星海湾跨海大桥这个项目上，当时靠近小平岛那个标段，施工人员是从高铁项目过来的，有超前意识，对控制测量的精度要求比陈兆海他们干水工的高，包括使用的设备、卫星定位、全站仪的精度都比他们高。陈兆海这边是做水工的，在这个项目之前他从没干过高速公路，也没见过那种全站仪，公司的仪器都统一管理，项目使用需要收租金，陈兆海就跟项目领导申请，租过来的主要目的不是工作，而是要学习先进设备的使用。当时项目领导挺支持的，那是一秒级的全站仪，一公里的误差就一秒，里面的功能很多，他带领着测量班一起研究一起学。

领导给租了仪器，当时第三方业主还聘请了大连理工大学的伊晓东教授来监管测量，必须抓住这个机会。陈兆海就是那时候和伊晓东教授结下了缘分，伊晓东教授编写过很多教材，内容就是把测绘转换成数字化、智能化，这也是未来测绘的一个发展趋势。这方面大连理工大学肯定是走在前面的。

陈兆海私下把伊晓东教授请出来，带上几个好学、入门比较快的年轻人，他们坐在一起吃饭聊天。聊天当然是聊业务，伊晓东教授讲得特别好也特别深入，第一步是结合现在项目的应用，这个过程中应该注意什么，还有它的模式，一点一点讲得很认真。先满足眼下的施工，保证完成眼下的任务。这哪里是请人家吃饭，这是请人家讲课啊！

之后有些问题搞不定，陈兆海就去咨询伊晓东教授，伊晓东教授人很好，慢慢彼此交流的东西更多了，两个人也成了朋友。后期他们没事就相约一起坐坐，陈兆海在伊晓东教授那儿学到了很多东西。后来伊晓东教授编写教材过程中需要素材，陈兆海也积极帮忙，给他提供了一些实际操作的案例。

陈兆海第一次接触动态测量的时候，他到处跑着咨询，只要用过的人他都去问，连劳务分包的人他都去找，无论是谁，只要能帮助他解决问题，没啥不好意思的！他的想法是不能光干活，必要的理论知识也要掌握。

陈兆海觉得不能当上班长后光挥手安排其他人，那样

学习中的陈兆海

也可以，但是不长远，陈兆海有危机意识，遇到机会就提升自己。陈兆海带头领着测量班一起学，有人愿意学他很开心，大家一起发现问题一起研究问题，搞不明白就向老师同行请教。

当时他还把设备的厂家技术人员邀请过来，因为公司买厂家的设备，厂家都提供技术服务。厂方从沈阳过来，陈兆海跟人家说，我们初次接触这个仪器，你要保证至少三个人能自己动手操作完成，从头到尾都教完你才能走，我可以保证你吃得好住得好。厂方来的人也被陈兆海这种好学精神感动，他也表态不教会大家绝不离开。在陈兆海的带动下，这次参与学习的人比较多，大家进一步加深了对仪器的了解和掌握。

后来陈兆海找到负责测量工作的领导，因为公司每年都要搞培训，他希望把仪器使用这个课程也加进去，公司接受他的意见，邀请了专业人士来公司讲课。当时整个公司有一百五六十个人搞测量，他们几乎都来听了这个课。在听课的过程中他也发现了一个问题，有的项目部没接触过这个仪器，他们听着听着就睡着了，但接触过的人学得都很认真。

在学习的过程中，陈兆海发现这个仪器还有不少功能，比如红外线能指导晚间作业，在东港游艇码头项目上，这个红外线功能就被利用上了。游艇码头有柱子，他们一个星期就把那些柱子安完了，白天红外线不太明显，晚间船上的起重工看着这个光，就知道大概位置在哪儿，就搞定了。

仪器的好多功能得认真挖掘，陈兆海对徒弟们讲，仪器的功能很强大，不能只掌握基础。这里边还有一些额外的功能虽然不常用，但也要掌握。面对一个活儿，你得找个又快又准的办法。有现成的功能为什么不用？

无须再拿笔画，用仪器直接就能出结果。在星海湾跨海大桥这个项目上，他们测量班掌握了高端仪器的使用。他们之前没用过这种工艺，这是第一次把静态测量应用在这个项目上，包括内业处理最后成果对比。其实测量的每个环节都是在配合其他工作，配合他们把这些按照设计的要求做好。

后来他们测量班组又通过一些项目把这个技术掌握得更精练，比其他方法快了很多，还能保证精度，对于这些新生的东西，都是从初级开始慢慢一点一点深入的。

星海湾跨海大桥的悬索安装一次性成功完成，对项目组是一个巨大的鼓舞：因为这个悬索安装稍微有点瑕疵、位置偏移或者高度的偏差都不行，悬索是固定死的，左右偏或者上下偏肯定放不进去。

在星海湾跨海大桥项目之前，陈兆海他们已经完成了两个船坞建造测量，毕竟都是重力式的水工项目，有些工艺是相通的，所以在施工过程中知道用什么办法来解决，头脑中思路也清晰，心里就轻松些。陈兆海指挥着大家，施工过程中他需要严格把控，不能让他们犯错，得让他们知道测量的重要性，不放手让他们去干，他们总也不行，但过程中要严格把控。

第十二章 大连湾海底隧道与中老昆万铁路齐头并进

测量工作的特点就是马不停蹄，从一个项目辗转到另一个项目。大连湾海底隧道起始于大连湾北岸梭鱼湾规划20号路，向南下穿大连湾海域、甘井子西航道、大连港北防波堤。在南岸大连港3号、4号码头之间港池登陆，再向东沿港隆西路至人民路。北岸设置一对匝道，连接规划20号路；南岸设置两对匝道：在3号、4号码头之间港池南侧设置一对平行式匝道，为民主广场和中山广场片区服务；在港隆西路港湾桥西侧设置一对平行式匝道，为港湾广场片区服务。

本工程向北连接光明路延伸工程，是大连市一条纵贯南北、连接东部核心区和金普新区的快速通道。对缓解交通拥堵、推动钻石港湾两岸一体化、打造大连沿海经济圈具有重要意义。这是一项伟大的工程，从筹备到竣工大概用了十年时间。

此项目 2017 年 3 月开始建设，施工期间南岸靠东港那边挖了围堰，水抽到一部分时，想利用多波束看看底下什么样，但是多波束要进去的话，还得调个大船，非常麻烦，但也只能用这个方案来解决，陈兆海和徒弟们研究用以前的单波束行不行，但是单波束不能形成三维，大家反复思考，了解到通过点云也能实现这个立体的效果。最后用单波束把问题解决了，没调动大船，业主很是满意。

施工现场很辛苦，很多人下了工赶紧吃饭休息，陈兆海和他的徒弟们却不一样，他们晚饭后就坐在一起认真梳理一天的工作，想都遇到哪些问题，以往单波束测深的误差普遍在 ±20cm。他们反复推敲通过多波束结合甲板单元安装进行水深测量，使测量误差缩小到 ±3 ~ 5cm。

这为基础挖泥标高控制及方量核算提供了有力的数据支持。以超挖超深计算，依据多波束测量的数据对大连湾海底隧道沉管主线基础进行挖泥，可控制挖泥超深量 45 万 m^3。为项目节约资金 1935 万元。

陈兆海很欣慰，因为在这个项目上他的徒弟们也学到了很多东西，这些人学历比较低，属于农民工转正，陈兆海对他们可谓用心良苦，那时候由中交公路规划设计院牵头，成立了几个测控中心，那里面大部分是研究生，他们做的方案很正规。陈兆海找领导请示，让他的几个徒弟去那边学习，包括方案的编制，有一些精密的测量怎么去做，让他们逐渐掌握数字化、智能化，这个海底隧道的项目大部分是数字化。陈兆海从这个项目上培养出来一批优秀的年轻人，慢慢让他们成为测量的主力军。

在大连湾海底隧道项目中，陈兆海和他的团队在系统学习、掌握港珠澳大桥沉管安装测控工艺的基础上，向着更高的精度目标和作业工效发起攻坚，经过多方调查和比对，保证了项目前期数据高精度、施工高质量的目标。

陈兆海主导并成功引进了多波束测量设备系统和相关的一整套技术工艺，将测深从原有的点、线状推展到面状，形成三维立体图。大连湾海底沉管隧道主线全长约 5100m，施工顺序为基础挖泥—炸礁—基础换填抛石—基础整平—沉管安装。每道施工环节的验收如果按照传统方式进行，受施工现场的水文环境、船舶调配、人员组织等多方面的影响，验收过程周期长，效率低。

他们团队研究的厘米级多波束测深技术，在后续的施工实践中得到成功的应用，使测量工作有了质的飞跃。此项应用已形成论文，发表于《华北交通工程》。同时，他们还深入研究浅地层剖面仪、密度仪，在水下土层分析和淤泥密度上积极开展监测实验，为各类水下基础施工项目

陈兆海在大连湾海底隧道施工现场

的推进积累了大量数据。

在多波束测深系统过往使用过程中，换能器、姿态仪、主副天线及辅助传感器的安装都需要分装固定，由于受船型影响，每次量取五者间的几何位置关系都会出现偏差。陈兆海和团队研究设计出一种连接架，方便快捷。使多波束测深技术在大连湾海底隧道建设工程施测中的厘米级精度得到了保障。此项发明获得大连市优秀合理化建议三等

陈兆海在大连湾海底隧道施工现场测量

奖，并申报了国家实用型专利。

在大连湾海底隧道项目上，那时候陈兆海在一航局已经很有名气。他逐渐接触到测绘界的一些专家和学者，也了解到他们每个人自身的强项。在工作中遇到问题时，他会根据不同的问题向不同的人去请教。现在测量技术越来越先进，并且陈兆海的班组里也有大学生，他希望自己走在技术的前沿，也给徒弟们做个好榜样。

陈兆海在玉磨铁路施工现场（玉溪至磨憨段）

这期间陈兆海又辗转到昆明，中老昆万铁路于2016年全面开工，这是一条连接中国云南省昆明市与老挝万象市的电气化铁路，由中国按国铁级标准建设，是第一个以中方为主投资建设共同运营并与中国铁路网直接联通的跨国铁路。中老昆万铁路玉溪至磨憨段站前19标段施工路线全长26.71公里，大概有25公里全是隧道。陈兆海和他的团队在此又洒下了辛勤的汗水。

贵州那边出门见山，大山连着小山，陈兆海他们最早的测量任务是把隧道开凿的位置找出来，这个活儿项目部最初是找外围来干，他们中途因为各种原因没完成任务就放弃了。陈兆海是三公司的技能专家，参与过很多重大项目的前期工作，领导考虑咱们自己有没有能力组织人去干，在那种情况下陈兆海接下这个任务。

他带队过去第一步是到现场勘察，那边的直线距离接近27公里，因为不可能按照直线走，就经过乡道、国道或再走民间的那些小道就这么一直绕。他要去查看全线一共有多少个点，他们施工用的点基准都埋在哪儿。

为防止破坏，基准一般在半山腰或者山顶，他们要先把这些位置找出来，这个过程中涉及翻山越岭、穿林过河，要先找到这个地方，再把这些点整个连成一个网或者一条线，下一步才能去测量。

往山上爬的时候根本没有路，到处是各种各样的虫子，还有毒蛇，当地老百姓喜欢分散居住，哪块有平地，他们就在哪儿盖个房子，就是一个家。前期他们找当地百姓作为向导，这些人经常上山采蘑菇、挖草药知道一些小路，他们得带着镰刀从灌木丛中蹚出路来。

正常水准路线是100多公里，他们单趟徒步也是100多公里，每天扛着干粮和水上路。当时分了三个标段，三个标段有三个项目部，还有一个指挥部，指挥部在镇上，剩下的项目部就在施工现场。他们从这头走到那头，然后再往回返，测量专业要求的精度是必须测往返，精度得满足这个点才能使用，所以大家整天都在山林中穿梭。

当时是初春，那个地方经常下雨，当时分成三组，每组三个人，这样做的目的是节省时间，这个项目陈兆海带了九个人过去。他们上山还得带上一些急救药，剐蹭和磕碰是家常便饭，每个人几乎都带点伤。

必须徒步，因为施测方法就是徒步一点一点量出来，用卫星来做这个高层精度满足不了，用全站仪来做精度也满足不了，必须用传统的水准仪来做，水准仪就需要人工步行，每一站单边不能超过50米，得满足操作要求。

因为那个地方不是平地，一会儿上山，一会还得下山，有时候河过不去就从别的地方绕一大圈再回来。所以比较麻烦，这个工作很艰苦，而且作业周期太长，所以前期外围放弃了。

当时的水准路线往返大概200公里，背着仪器、食物和饮用水还有一个三米长的硬钢尺和一些辅助工具，以及防雨布。那个地方属于热带雨林气候，他们的宗旨是千万不能淋湿仪器。那个地方气温也高，没走多远衣服就被汗水弄湿了，他们尽量避免中午在外面暴晒，主要是怕中暑，那个地方去医院特别麻烦。

他们在澜沧江边上盖了临建，周围没什么居民。那个地方去镇上要坐两个多小时的车，听当地人说十年前才通上电。居民住得也分散，那边的孩子周日下午有一个车接走，周五晚上再送回来，从上学就开始住校。那个地方很闭塞，而且靠近边境，早年间贩毒的、偷渡的都有。测量班出去干活都走得很远，为确保安全，他们都是集中行动。

还有人被毒蛇咬过，当地居民简单的处理方法是，把咬伤的部位勒住，然后送医院打血清，那种绿色的小蛇跟草的颜色差不多，根本看不清。他们临建的地方周围也有，每天大家上个卫生间都提心吊胆。在住宿的房子里，即使不会抽烟陈兆海也让大家都点上，为的是让身上的烟味儿把蛇呀、虫子呀熏远点，但上山时不能抽烟，怕着火。

当时陈兆海让大家都穿长衣长裤，裤子是那种紧腿的，热也没办法，赶上雨天晚上屋里一开灯，外边的虫子糊得满窗满门，各种没见过的虫子挺吓人的，当地人还吃那种虫子，但他们不敢。

前期的控制大概干了四十天，从开始连续两年到竣工，都是陈兆海和他的团队来完成的，最难的就是第一次勘探，那边卫星定位不好，为了解决技术难题，陈兆海找到大连理工大学的伊晓东教授和一些专家研究。

数据处理过程中按照规范的要求，某几项指标就是通不过，正常要做六个小时，他们做了十二个小时。做平面的时候仪器一直架在那儿，并且二十四小时供电一直架着，当时接外围电源都没问题，但数据采集回来正常处理就是通不过，其间一些专家和教授也给出过一些方案，这期间陈兆海和大连理工大学的伊晓东教授有了争议，因为铁路的要求特别高，他们施工必须满足业主设计的要求，不按照业主的要求做，后期就没办法进行。

伊晓东教授说他不可理喻，这种环境下你要做的是完成任务，而不是一味死教条地服从业主。后来又找到大地测量的老师，他们也给出了一些办法，但那些办法不太可行，后来陈兆海想到给他们做培训的老师，他们往往有施工经验，经过大家反复推敲找到一个方案，就是用传统办法去校核他们测的结果，校核完再通过这个办法推出来，剩下的就作为一个检校，合格就没问题了，还符合规范要求，这个专业的叫法是“一点一方向”。大连理工大学的伊晓东教授很有趣，他居然带着自己的研究生找到陈兆海，说研究生的毕业论文就用这个课题，让陈兆海当他的外围导师。陈兆海让这个学生了解施工情况，包括现场的地理位置，主要是地势对卫星的干扰太大，才导致结果总是不能通过。后来听伊教授对别人讲，陈兆海这个人很执着，什么困难都难不倒他。

第十四章 办法总比困难多

当地受天气影响施工比较困难，于是不下雨的时候大家就拼命抢工。陈兆海跟班组的人说，咱们甩开膀子加油干，干得越快回家就越早。刚开始去的时候大家都觉得这个地方人少风景好空气还新鲜，各种奇异的花草树木，看什么都养眼，看什么心情都舒朗，几天的新鲜感过去就是艰苦岁月了。炎热的天气、毒蛇的袭击、山路的崎岖，这种环境下没点毅力真扛不住。

陈兆海跟大家统一思路，天气好时大伙儿一起努力多干点，午饭就在现场吃，午休也放弃不往回折腾，来回折腾路线太长。回去休息那么一会儿，下午再出来就难了。他们四十多天就将这块硬骨头啃下，原计划六十天完成的任务，他们提前了二十多天。

然后做内业数据分析，主要是看准确性和精度够不够，满足这些条件才能利用这些数据指导下一步施工。知道山洞怎么开，路基怎么填，填多高，所以测量最关键的地方就是基准。

工程前期水、路、电都不通，有一次下雨，泥石流把路堵死了，有个便道桥也被冲垮了，电话信号都没了。这期间蔬菜、粮食送不进来，于是大家一起去山上采蘑菇、挖野菜，这时候陈兆海的优势又体现出来了，他采的蘑菇又大又多。他们的饭桌变成了蘑菇宴，炒蘑菇、炖蘑菇、煎蘑菇、蘑菇汤，他们一辈子也没吃过这么多蘑菇。

几天后路修好了，当时大家都没恐慌，有他们的老班长陈兆海在，他们什么都不怕，老班长点子最多，况且现在修路全是机械化，清理出一条小路很快，有条小路车就能进来。

那时候他们上山必须戴安全帽，还要防马蜂，山上的马蜂窝特别多。被它蜇一下可了不得，那次上山，班里一个小伙子看到马蜂窝就站住不动了，陈兆海问他怎么了，他说前面有马蜂窝。陈兆海说这有什么可怕的，其实他自己心里也打鼓，他见过被马蜂蜇的人，整个人都破了相，样子特别恐怖。

但总不能停在那儿，他们还有那么多测量工作，于是闭着眼走过去。他过去后别人也跟着一起过去了。马蜂没有过来还算幸运，当时也确实没有更好的办法，有人说拿烟熏，但那个山上禁止明火。往山顶上绕也不行，那山

陈兆海与年轻同事在测量现场

越爬越高，越往上林子越密，越不好走。反正那里的风险根本没法预测，也不知道下一秒钟是什么情况、会发生什么。

上山前陈兆海都要对班组的人进行安全指导，在山上如何辨别方向，要看叶密叶疏，哪边的树叶密，哪边就朝阳，有房屋的地方一般都朝南。像寺庙肯定是正南方向。

那段日子真是艰辛，陈兆海这个小团队能把工作顺利完成已经很庆幸了。第一次去总结了很多经验，一个是外业操作经验，一个是解决卫星定位这个难题。接下来就顺利得多了，况且那边的条件也在不断改善，路也越修越好。

当时最长的隧道是 9.2 公里，贯通误差为 2 厘米，精度很高的，包括高度误差也是在 2 厘米到 3 厘米之间。后期陈兆海他们班组进隧道施工，里面积水很多，顺着两侧的缝隙往里灌，大家进去都穿水鞋，水多时要没过膝盖。

在水里面做测量根本看不见，隧道里面也有控制点，大家就把外围的导线测量一点一点引到洞里。在隧道里干活很艰难，因为有水，地面也不平，他们就找地势高一点的地方用石头砌个墩让它露出水面，然后把这个点刻在上面。

有时候水突然大了，他们就找沙袋在旁边围上。把周边的水擦干，再把仪器架上去。其实在隧道里工作存在一定的风险，比如塌方。大家在工作中都积累了一些经验，看哪里往下掉小石头，就不能闷着头再往前走。当时隧道里闷热，灰还大，脚底下还有水，相对湿气也大，当时已经是6月，12月1日要求通车，大家只能抢工期，他们都是二十四小时轮流上岗。

其间有一个路段塌方了，没有人员伤亡，但隧道塌方后，测量班的几个年轻人都不敢进去，心里害怕。但活儿不能不干，得有人往前冲，得有点不怕死的精神。陈兆海第一个进入隧道，陆续就有人也跟着进去，这种事没办法，工期那么紧，连犹豫的时间都没有。冲进去就好了，一天两天三天，慢慢大家就不再恐惧了，总要有个领头的来减轻大家的心理负担。

事后想想，这些年轻人确实不容易，他们都是孩子呢！那个地方属于小高原，有的人还有高原反应。100米的隧道打一打里面就出现故障。设计是结合地勘资料设计的，那个大山地勘也不能钻那么深，车也上不去。地勘资料也不是很完善，所以导致在施工过程中问题特别多，地质一变化，勘探出不来，就得想办法解决。好多业内专家都来帮助解决这些问题。

那段日子非常枯燥，除了爬山就是钻隧道，每天还危险重重，为了缓解内心的压力。陈兆海他们决定在项目上搞徒步大会，因为公司每年都搞这个活动，他们把这个活动放到项目上进行，公司也非常支持，把服装都寄过来了。大家利用晚饭后的时间，当时项目部有 100 多人参加，

雪花中测量的陈兆海

大家沿着江边的小路往前走，场面很是壮观。就是这些人在这个不毛之地修建了跨国铁路，他们不仅彰显了高超的技术，也弘扬了中华民族自强不息的奋斗精神。

其实闲暇的时候看这个地方还不错，陈兆海他们去现场要经过一个山顶。雨后经过山顶时，好像是在云雾里穿行，天蓝蓝的，空气也清新。那一刻的心情很是明媚，那一刻会让人有一种使命感，会感到一种主人翁精神，觉得所有的辛苦和疲惫都那么值得。

但毕竟工程上闲暇的时光寥寥无几，准备安装铁轨时，陈兆海他们配合在洞内做 CPI 的测量。那时候隧道已经贯通，路就近了，不用再绕了。因为白天作业过往车辆灰太大，灰大就影响测量精度，所以测量都是从晚上开始。从晚上八点干到凌晨四点多，这时候施工的人少，作业车辆也少，测量可以大显身手了。

晚上干活带着干粮和水（就是面包火腿肠之类的），白天回去睡上四五个小时。下午需要提前准备，就是头一天晚上测量的那些数据，要检查一下合不合格，不合格还得重新测量。把这些做完继续往前推进，一点一点把基准点布好。给下一步无砟轨道施工使用，必须控制好精度，精度要求是 0.3 毫米，不然车速上来后偏差大了，那火车就飞出去了。这项高强度的工作大概做了一个月。

其实在隧道里干活白天晚上差不多，都有矿工的感觉。隧道一般有五六公里，最长的隧道有 9 公里，他们每晚走个四五万步很正常。之前有测量 11 路的说法，曾经那些老师傅就靠两条腿，他们在隧道里也完全靠自己的 11 路。

隧道没贯通之前，里面闷热，贯通以后也不舒服，大家戴着 N95 口罩，戴时间长了还憋得慌。他们晚上在隧道里测量，也有其他人在干活，但是比较少，有时候被挡住视线，测量班的人都跑过去跟人家商量。不能喊，在里面干活的人脾气都很大，在那种特定的环境下，人心都很急躁，稍不注意就会发生冲突。他们每次都跑出去 100 来米，过去跟人家很客气地商量。

其实他们也着急，好不容易碰到没灰人还少的时候，精度能满足了，得赶紧把活儿往前抢，相互理解吧。竣工以后陈兆海他们计划买张票，就在他们施工这个标段坐在车上体会体会，后来因为赶着去下一个项目，完工后就匆匆离开了。

在那种环境下修铁路，是大家想都不敢想的事，后来我国基建做到了人定胜天，跨距最大的桥、最高的桥都在贵州，人们说世界桥梁看中国，中国桥梁看贵州，中交集团在里面注入了强大的力量。

这个项目历经五年之久，最后顺利完成任务，这个项目竣工以后，他们测量班的几个农民工都如愿转正，有几个还提干了。因为这是个特殊项目，那么艰苦的环境，几乎是人和自然的博弈，大家能把工作完成得这么好，应该得到奖励。这是共建“一带一路”的项目，公司十几个亿中的标，最后完成了二十多个亿的收益，公司收益超了一半。

第十五章 带着徒弟们进军大赛

2017 年 6 月，陈兆海劳模创新工作室挂牌成立，他第一时间编制出台了《工作室管理办法》《三年发展规划》《测量人才培养计划》《工作室成员岗位职责》等一系列工作制度。对工作室的职能定位、责任分工、发展导向及相关考核标准进行了系统梳理和规范。

他们快速构建起一套权责关系明确、工作流程明晰的管控体系，并在实践中凝练出“劳模精神、薪火相传”的工作室宗旨。

陈兆海特别注重对年轻人的培养，单位领导也多次跟他沟通关于传承的问题，陈兆海决定带他们参加大赛。

大赛平均四五年循环一次，测量比赛之前三公司先要进行一次选拔，选拔赛有三五十人参加，这些人不但要有技能还要有体能，尽量让年轻人都参与进来。最后选定十人，经过一个月的训练，再选出四名优秀者去参加集团比赛。

集团层面大工种也比较多，能参加集团比赛已经相当可以了，它属于国家二级比赛，前三名就是全国技术能手。前十名是中国交建技术能手，属于省部级的荣誉，获得这个荣誉后，个人价值的认定就比较高了。

陈兆海是从比赛中走出来的专家，也是受益者，所以他本人对比赛尤为重视。当年他代表中国交建去参加央企职业技能大赛——工程测量决赛，就是通过平日在一航局比赛的成绩和在工作中的表现才被推荐的，局里再通过考核，把他选拔到国资委参赛。

国资委大赛聘请了一些有权威的名校教授和测绘业内人士，那时候他们比赛分内业和外业。内业包含的规范比较多，还有一些测量学基础内容，外业操作就是仪器的使用。通过比赛陈兆海总结出不少经验，那就是时间的重要

测绘技能大赛现场

性。从架设仪器开始，陈兆海脑子里就有张评分表，他把这些研究得很透。

他把考试中评分的这些环节一步一步讲给大家，架设仪器的时候怎么做会得到好成绩，怎么做会扣分，大家干活儿时很少去注意一些小细节，比如架个仪器能占二十多分。这些小细节在日常工作中即便不注意活也一样能干，但比赛时不行。

每个人现场操作时陈兆海都亲自指导，包括如何计算、如何读数、如何架设仪器直到最后如何收仪器，仪器收不好也要扣分，让大家养成一个固定模式，这是最基本的技能。

第二部分涉及规范要求，一个角度怎么测、怎么记录、怎么计算，这些都有时间限制。比赛可以用计算器，但是耽误时间，陈兆海就让大家练习口算，去买小学生口算题卡。三位数以内的脑海中直接反应出来，比用计算器快很多。

有一天他看见上小学的儿子做口算，就想到这个办法，后来大家利用口算，操作速度越来越快，能力是一点一点积累的。第二个是仪器的角度显示，尽量让起始数值好算，这也是节省时间的一个办法。记录的时候都是上下记，就把它当成一个竖式，然后在心里计算出结果。但过程中要保证一次性成功，比赛不但需要速度，还需要精度。

比赛还要强调一点，就是团队协作精神，如果总有自己的小心思肯定不行。另外还有体能训练，陈兆海早上让大家起来跑步。那年夏天是五十年不遇的高温，训练过程中陈兆海对每人都是一圈一圈地跟，教练比学员累多了，有时候他一天能走十多公里，第二天整个后背火辣辣地疼。当时他们是封闭训练不能回家，这十个人集中训练了半个月，最后四人胜出。

陈兆海当了好几届测量的技能比武教练，他告诉大家，必须按照规范做，比赛的时候绝对不能返工，要一次性通过时间才够用，这个活儿在工作中慢慢干是可以的，谁都能干好。但毕竟是比赛，需要速度和反应。现在都是数字化了，用软件可以直接把数据导出来，但过去都是人工，比赛中这也是最基础的技能。

陈兆海是教练也是裁判，他深知比赛时的心理素质太关键了，2014 年作为教练，他带队去青岛参加一航局测量技能大赛，一个二十岁出头的小伙子上场后就说自己胳膊腿都不好使了。陈兆海马上给他按摩并鼓励说，你平常练

测绘技能大赛现场

得都很好，今天一定能行，那天也不算太热，陈兆海按摩都出了一身汗。也许是他的话起了作用，也许是按摩让人放松，那孩子最后获得第三名。

当时有两名参赛者还不是公司正式员工，之前有个承诺，获得前十名可以签三公司的合同。通过这次比赛他们都成功了，如愿以偿成为航三的职工，这两个人通过这次技能比赛进了央企，把自己的人生目标和方向还有人生价

陈兆海（右一）与年轻人在劳模创新工作室交流

值都体现了出来。比赛让好学的年轻人受益，这里包括转正薪酬还有岗位提升。

2018 年那个冬天临下班前，陈兆海接到办公室主任的电话。他说，中国海员建设工会组织了一个京津冀一体化职业技能大赛，集团的意思是由你组织人员去参加。陈兆海听了特别高兴，这又是孩子们提升的一个好机会。主任说时间有点急，当天晚上要把参赛名单发给他，正好那年夏天在河北有几次比赛。陈兆海就挨个给那些参赛者打电话，介绍这次比赛规格比较高，但当时有人已经投入项目上的工作，有人因为一些事情不能去。

陈兆海最后找到四个人，其中有两个新手，这是个团体赛，每个人都要做一次主测，架四次仪器，由四个人完成。人员怎么调配？谁先做谁后做？像接力赛似的。对于谁第一个上场，大家坐下来研究了很久，最后依照他们的个人能力和表现来排序。

排序也很关键，第一个上场的卡壳会影响整个团队的气势，包括过程中怎么去交接，都需要提前规划好。辅测要配合好主测才能获得好成绩，前期他们模拟过好多次。

当时集中训练有十几天，比赛地点在北京郊区，陈兆海问，三公司没有人带队吗？回答说局里有人在那边等着。陈兆海说自己也想去，因为参赛选手中还有两个新人，有一个心理素质不是特别好。陈兆海反复要求，最后领导同意让他带队去。

比赛头一天，那个心理素质差的选手一上场就蒙了，陈兆海当场批评了那个选手，关键时刻怎么搞的？这么好的机会都抓不住！不过也没办法，他自己也挺上火，已经这样了。第二天比赛还算顺利，速度也挺快。

晚上公布成绩时，陈兆海心里没底，觉得公司对这个比赛很重视，还安排了十天脱产训练。包括饮食和住宿也安排得特别周到，这次上北京的费用也不少，现在搞砸了真丢人。陈兆海压力很大，当时公司领导给他打电话询问情况，陈兆海说成绩还没出，但感觉不太好。那天最先公布的是电工，他们公司有个电工获得二等奖，这个电工也是由陈兆海带去北京的。

当时现场有点乱，公布测量时他也没听清，主要是没抱太大希望，人家用大喇叭喊的，别人都听见了就他没听见。团队那几个人一起说，好像是我们，但是他们也不太确定。陈兆海就到台前去打听，当时他脑海中一直纠结，带队参加了那么多次比赛，还没失手过。

他一连问了两次，人家把单子递给他，陈兆海才敢相信他们确实获得了二等奖。这反转太大了，陈兆海有点晕。他拿起电话向公司领导汇报，当时那种感觉好像从平地一下飞到高空，非常刺激。

当晚陈兆海请大家吃了涮羊肉，几个年轻人建议去北京市内住一夜，因为这边比赛结束也不留住了。他们是第二天晚上首都机场的返程票，于是在网上找了一家便宜的

2018 年，京津冀一体化职业技能大赛

2018 年，京津冀一体化职业技能大赛获奖

旅馆。

陈兆海不光是领队还得负责他们的生活安全，到北京以后，陈兆海又自费请大家吃了烤鸭。第二天由于天气原因大连的航班取消，几个年轻人高兴坏了，可以好好逛逛北京城了。陈兆海叮嘱他们不能单独行动，一定要注意安全。他只想待在旅馆里好好缓一缓，这么大个反转搞得他身心疲惫。

每次比赛结束，陈兆海都争取带大家在当地玩玩，哪怕是半天也要放松一下。大家沉浸在获得好成绩的喜悦中，放松也是庆祝的一种方式。毕竟他是教练，领着大家练的时间也不是很长，这也体现了一个教练的水准。

后来陈兆海成为技能专家，项目上测量遇到什么问题，他都要去现场指导。原来只负责一个项目，在一个项目上从头做到尾就可以，现在所有项目他都得去参与。领导认为他的技能不能仅限于一个项目，其他项目上的疑难问题都要去帮助解决，包括他在检查过程中发现的一些问题，也要及时去制止，或者给出一些方案让他们改正，找出问题的根源！

这也是领导对陈兆海的信任，担心测量过程中出事故。测量关联的部门很多，包括地理信息的、国土资源的，把

—航局工匠杯技能大赛现场之一

一航局工匠杯技能大赛现场之二

项目干出红线外，那就是事故。稍微一个疏忽，一个角度偏了，就算偏一度，距离越长不就斜得越大吗？

测量跟角度距离有着密切关系，角度稍微斜一点，整体全跑偏了，所以这个责任很大。虽然这个服务功能没有什么具体的产值，但所有的工程都跟测量息息相关。所以要求现场精益求精，细上加细，工作时就要养成好习惯。

陈兆海常和徒弟们说，测量是职责也是担当，咱们做这个行业，必须保证每天的数据准确。他举了一个例子，比如挖土，挖每一方都是要付费的。挖多深挖多宽，你测的这个数据跟钱直接挂钩，石头需要抛多少？一方石头多少钱？一方土多少钱？还有人工费，测量要是不精确，干完这个活可能还会赔了。

大连湾海底隧道他们算了一笔账，当时大家去研究多波束，为什么要提高它的精度？它的精度本来已经满足规范要求了，为什么还要提高？比如你多挖了 10 厘米，那石头就得多抛 10 厘米，这样不到 4 公里却有将近两千万元的费用，不算不知道一算吓一跳，陈兆海一直在强调测量的重要性。

别觉得这么点距离无所谓，就算三五厘米也别不当回事。太平湾当时围起一个池子测底下的水深，就算多测

5 厘米，池子里的填充量几乎差出两百万元。

2009 年东北亚航运中心建设中，当时项目部有七个施工项目，就陈兆海这么一个测量班长，七个工地领导对他那是完全信任。不管分管领导是谁，打一个电话说几点要求，陈兆海就组织人干，这也锻炼了他的组织能力和协调能力。

他一般跟大一点的项目走，小一点的中途过去。还得想办法把大家的积极性调动起来，让大伙儿的劲儿都往一块使。这是大家共同的活儿，通过劳动创造价值。你能把活儿干好，你的价值就越来越大，钱也赚得多。大家一起干，功劳也是大家的，团队都要有这种精神。

第十六章 邂逅小罗

2021年长春二期环城高速开工，陈兆海在这儿干了将近两年，这期间他的任务是把项目测量工作做好，再一个就是在这个项目上培养几个人出来。他有自己的工作室，公司领导也一直在强调传承。

陈兆海在长春二期这两年，遇到一个名叫罗永昌的本科生，他也是学测绘的，他们老家那边比较艰苦，这孩子也很吃苦耐劳。陈兆海问小罗准备把这条路走到什么程度，有人三年以后转岗就不干测量了。小罗很坚定地说他想干测量，陈兆海语重心长地说，你有这个想法就好好干，师父也好好带你。不要我从这个项目把你带出来，回头你再转岗那就枉费心力了。

开始必须好好谈一谈，不是说你必须得走测量这条路，你也可以有选择，但是你要提前说一下，他再物色别的人，陈兆海带他的过程中感觉还好，小罗工作认真，长得也壮，是很细心的一个人。陈兆海天天陪着他，小罗脾气有点犟，反正人都有点性格，年轻人嘛，可以理解。

小罗刚毕业的时候，大连湾海底隧道有个测绘中心，由中交公路规划设计院牵头，当时他们也是以练兵为目的往里面安排了一些人，属地合同额不大。小罗毕业后就安排在那儿，有一次大连湾海底隧道外围光明路延伸那里，也是做控制测量，陈兆海就找他们来干。

当时小罗在山坡上架仪器，他半天也摆弄不好。陈兆海有点着急，说你毕业大半年了，怎么仪器还摆弄不明白？基础能力太差，陈兆海着急呼呼往山上冲。山上有滚石，小罗没踩实一下子就摔了下来，脸和手都摔破了。陈兆海上去给他好一顿批评，半山坡地不平，仪器不太好架，可能他练的也少。陈兆海上去帮他调试，对他的印象不太好，觉得这孩子不灵光。

这个项目收尾时，用不了那么多人了，小罗就去别的项目了，后来到长春二期，他们是间隔一年半又碰到一起，两人一见面都笑了。陈兆海问他这一年多在项目上工作自己有没有提高，小罗说有。长春二期环城高速这个项目有一个 1.5 公里的特大桥，陈兆海觉得这对小罗是个锻炼的机会。

技能比武现场

这个桥从头到尾做完，他对桥梁的结构，包括测量各部分怎么去控制、测量的数据怎么算基本都能掌握，再遇到桥的项目应该不是问题了。

陈兆海让小罗把大桥几个控制点单独做一下，做好后陈兆海看到精度比原来做基准还要高。小罗干得很用心，一下让陈兆海对他有了感觉。

施工过程中理论计算方面，小罗都是自己画图，设计图纸只给了一个轴线，小罗就能把所有的构件边边角角都算出来，陈兆海一看可以啊，于是天天跟他去现场，他是主测，陈兆海在旁边看，数据也没有多大问题，他算得很准。

小罗现场放线的精度也行，这孩子有个好习惯，每次做完都让现场的人给校核一下，有这个想法就说明他想把活儿干好。陈兆海感慨这人要变化起来也挺快，不到两年变化这么大，刚开始觉得他不灵光，测量这活根本干不了。后来大桥顺顺利利安上梁，大桥造型也非常漂亮，竣工后大家站在旁边欣赏，陈兆海发现小罗很自豪地挺着胸膛，这个工程里面也洒下了他的一份辛勤。

陈兆海告诉小罗，你可以写个总结，第一次独立完成工作的一个总结，桥是一个单体，那也是独立完成工作，

岗位技能比赛现场

通过这个项目领会到下一个项目应该怎么做，应该有个总结。

陈兆海要一步一步好好培养小罗。他建议小罗参加比赛，他们已经签下导师带徒协议。小罗有点胖，比赛需要动起来，陈兆海当年也是吃了胖的亏，他跑不动。小罗现在的劣势就在体能上，比赛时有不少人后来体能跟不上，晃晃荡荡，测量也慢下来，时间一到就停止，没做完几乎得不到多少分，做完才可能取得好成绩。

2010 年陈兆海参加国资委大赛，集团领导说，你看有个参赛的女选手，她拿着仪器跑得都比你快，你连女的都跑不过。他参加国资委大赛时，体能确实有点差，那时候也不知道训练体能。陈兆海把这个故事讲给徒弟听，测量比赛线路很长，每个选手都给固定的时间，不跑时间来不及。

在这个时间里外业测完、内业算好，仪器必须手里拿着，为防止意外，仪器不能扛着，每一站一架，一圈下来就是一公里多，要求在五十分钟内做完。那也是陈兆海第一次参加这种大赛，虽然没获得金银铜牌，但当时进入了决赛。

他当教练这些年好多徒弟在历届的局比赛、集团比赛

技能比武现场

中都获过奖，陈兆海为此也很有成就感。他希望小罗朝这个方向发展，因为他是本科生，基础很好，他们师徒一起努力。再有技能大赛就让他去参加，必须获奖，这是他们共同的目标，所以要坚持锻炼身体。

在技能这条路上想成长得快，技能大赛是最好的路径。在省部级以上的大赛中，获得前十名或者前十五名可以破格直接晋升到高级技师，一下就省下四五年时间，而且薪酬待遇也随之而改变。自己要带着徒弟多参赛，让他们获得荣誉，看见希望，以后才能一直坚守在测量这条路上，这也是留住人才的一条通道。

陈兆海还有十多年就退休了，现在单位招的都是本科生，陈兆海第一个是担心他们吃不了苦。第二个是现在招本科生叫测量员，属于管理干部，有人就会给自己定位，我属于管理层，我不去一线干活，所以这里面也挺矛盾的。

现在招的这些人全是干部，那谁干活？小罗愿意一门心思做测量，说要向师父看齐，陈兆海特别开心，他像发现了一个宝贝，本科生能坚持一直做下去，目前公司还没有先例。

集团领导认为陈兆海现在是国家技能大师，不能只面

技能比武大合影

向三公司，全中交集团这么多测量员，都要互相学习，把好的技术传授给大家，光给三公司培养人才格局太小。

其实交流的平台也很重要，凡是技术交流会陈兆海都积极参加。有些外省的技术交流会涉及差旅费、请假问题不能去的，陈兆海肯定跟主办方要资料要案例，具体是通过什么硬件来实现最后精度的，不涉密的情况下对方都会给他，参加不了陈兆海也会争取把这些问题搞明白。

第十七章 感恩的心

现在陈兆海名气越来越大，偶尔有私企老板请他过去帮忙解决技术难题，当时有几个老板和他商量能不能留下来，年薪高出他工资好几倍，陈兆海笑笑，那时候在公司他确实挣不到那么多钱，甚至好几年也挣不到。但他已经是测量班长了，公司领导对他很关心，项目上领导也特别重视他，很多事都让他自己做主，对他是绝对的信任。

2012 年 7 月，国资委和清华大学继续教育学院联合举办的班组长管理培训班，一航局也推荐他参加。私企老板不明白一个班长是多大的官，让陈兆海如此在乎。其实陈兆海并不是把这个“班长”看得有多重，主要还是舍不得这个企业。

其实在陈兆海没当班长之前，除了班组知道他技术不错，剩下就没人知道了。后来公司推荐他去参加技能大赛，获奖后各种荣誉扑面而来。2011 年至 2013 年他被中交第一航务局有限公司评为先进个人，2011 年他被中交第一航务局有限公司工会委员会评为优秀导师，2012 年他被大连市企业联合会、大连市企业家协会评为年度优秀班组长，2012 年他被大连市人民政府评为第四届大连市技术能手，2013 年大连市总工会授予陈兆海大连市五一劳动奖章，2014 年他被大连市人民政府评为大连市劳动模范，2014 年他被中华人民共和国交通运输部评为全国交通技术能手，2015 年他被中交第一航务局有限公司党委评为第四届优秀员工，2016 年他被中交第一航务局有限公司评为中交一航品牌员工，2017 年他被辽宁省政府评为辽宁省劳动模范，2018 年他被中国交通建设集团有限公司评为中国交建技术能手，2018 年他被人力资源和社会保障部评为全国技术能手，2019 年他被大连市人民政府评为大连工匠，2020 年他被辽宁省政府评为辽宁工匠，2020 年他被中国共产党

陈兆海在公司展馆荣誉墙前留影

中央委员会、中华人民共和国国务院评为全国劳动模范，2021 年他被全国总工会、中央广播电视总台评为 2021 年“大国工匠年度人物”。这些荣誉都离不开企业的培养。

陈兆海永远也忘不了他第一天报到的情景，当时他们从技校毕业，是公司第一批测绘专业的毕业生，领导特别重视。项目部的马经理亲自到人事处去看是谁分到自己的项目部上，他看着陈兆海说，欢迎你来我们第六项目部，你的师父赵振国在三公司很有名气，他业务能力强，你要好好跟他学。

再有，项目部从澳门带回来一个比较先进的仪器，大连也没有几台，怎么使用这个仪器也要跟赵师傅好好学。项目部里还有几个工程师爱学习，比如他们自学英语和计算机，你可以多跟他们接触。

大概过了一个月，马经理又去看望在引碧工程项目上的陈兆海，问他这段时间怎么样，学到了哪些东西。在北良项目上马经理晚上特意去陈兆海房间告诉他，这里有个刚毕业的本科实习生，他不是测量专业的，但是在学校学过测量。马经理让陈兆海每天在现场做个数据，然后去找那个大学生帮忙复核，来确保这个数据的准确，让他养成一个好习惯。

现在有大学生在这实习，这是一个多好的机会，不懂就去问他，不能说在技校学的那些就够了，要从这个大学生手里再学一些东西，这对他的个人成长会更好。他是陈兆海的第一任项目经理。刚毕业那几年，领导很重视年轻人的成长，没事就找陈兆海聊聊天，就是引导他好好成长，将来成为一个优秀的测量员。

1999 年 9 月至 2001 年 3 月在丹本高速项目上，这期间有个内业计算方面的培训，当时都是拿着计算器算，量都很大，特别麻烦，当时项目部的毛总工程师经常到陈兆海他们住宿的地方，组织大家一起讨论一起学习，然后让他们自己算自己做，毛总工程师最后校核，这样一步步让大家把这套技能学到手。

其实这些领导不光重视工作，在生活方面对他们这些年轻人也关怀备至。在矿石码头项目上，当时的高经理经常到他们房间聊天，问大家食堂伙食怎么样合不合口味，看大家都很辛苦，主动给增加奖金。有时他一大早戴个安全帽就进来，告诉大家中午食堂安排红烧肉。

2008 年在矿石码头项目上，陈兆海已经是测量班主力，当时人也少工作很繁忙，在那种情况下高经理让陈兆海去天津进行高级技师培训，让他拿到了高级技师证书。

陈兆海在公司展馆讲解

交通部
航务工程总局
筑港工程公司旅大工程队
交通部
航务工程总局
渤海区工程处旅大工区
辽宁省交通厅港务工程处
交通部
第一航务工程局
第三工程处
中交一航局第三工程有限公司

陈兆海在公司展馆留影

领导还鼓励他参加专升本的学习，2003 年至 2007 年陈兆海到长沙工程学院进行专升本学习，专业为水利水电及港航工程，他每年都要脱产去外地学习，为期五年，高经理都鼎力支持。

最初接任班长时，高经理三天两头找陈兆海沟通，询问他接任班长后的情况，有什么困难和问题，底下人对他的态度怎么样，现场活儿能不能忙过来，测量班的管理顺不顺利……不仅高经理找他，总工程师和副经理也经常和他交流，在领导们的帮扶下，陈兆海这个测量班长才越干越好。

高经理心细，嘱咐他作为测量班长要跟很多后勤部门打好交道，像人力和财务之类都需要班长来协调，得把后勤部门的这些职责搞明白，才能把工作干好。陈兆海慢慢对整个流程也熟悉起来，到后期高经理完全相信他的业务能力，包括技术上和人员协调上。

陈兆海很感激领导们的信任和支持，后来他之所以成长得那么出色，离不开这些领导的引导和帮助。后期有了劳模创新工作室，领导的关怀就更多了，比如开两会，三公司书记或者副书记会提前告诉他一些注意事项、仪态着装等。

劳模创新工作室成立后公司总经理拍板，工作室的建设经费要专款专用，全部用在工作室上。在这个过程中很多领导给出宝贵建议，比如多整理一些技术论文、带领年轻人研发使用工具，努力将工作室打造成测量系统技术创新的“孵化器”、人才培养的“练兵场”和品牌创新的示范基地。现在陈兆海工作室已经是一个成熟的团队了，领导们的重视起了决定性作用。

2023 年 8 月，为贯彻落实中央人才工作精神和公司人才工作会议安排，根据《中交集团暨中国交建领导人员联系服务专家人才管理办法》规定，集团派中交第一航务工程局有限公司的党政领导跟陈兆海结对子，每年至少两次座谈，包括工作方面还有生活方面的问题都可以帮助解决，进行一对一服务。每次都有记录需要报备，集团每年还要考核，这也是集团对这些技术人才的重视。

如今有什么问题可以直接和局党政领导沟通，电话微信都可以，中间一些环节都可以省略掉，这样工作起来就减少了很多不必要的麻烦。陈兆海说自己命好，从参加工作到现在各部门领导都给予了他极大的关怀，包括他得到的一些荣誉也离不开企业这个大平台。

后来父母也知道了有私企想挖他这件事，母亲语重心

2019 年三公司劳模宣讲会，居中者为陈兆海

长地说，自打参加工作咱就在这儿，企业给了咱那么多，可不能学了本事就走人，不能忘本。陈兆海父母都是本本分分的农民，他们的想法很朴素，做人要有原则。赵师傅在这方面也给陈兆海讲了很多，当年想挖赵师傅的也很多，当时正赶上大基建的年代，私企严重缺人，都承诺给高薪。

赵师傅看问题很透彻，他说，现在你去私企属于帮忙，人家对你态度肯定很热情，真要去那边工作绝对不是这个样子，你得给人家创造产值。现在在项目上你受人尊重，领导也特别重视你，要珍惜现在拥有的这些。

后来也有转到管理岗的机会，陈兆海和妻子聊到这个事，妻子说，你现在测量做得这么好，不如就一直做下去，管理层可能今天需要你，明天就不需要你了，但是技能什么时候都有用武之地。陈兆海很感谢自己的家人，不光是后勤保障方面，包括在一些重要事情的选择上，他们的认知总会带给陈兆海力量，他本身就喜欢干测量，况且在业务上还下了那么多功夫，哪能轻易就放弃，但这里面确实包含着放弃了很多诱惑。

陈兆海记得当年师父跟他说过一句话，他说你干活干到走到哪里都有人要的程度，那时候你就厉害了。大家都

三公司欢迎全国劳动模范陈兆海（左二）载誉归来

认可你的工作能力也不是那么容易，师父当年就是走到哪里都受欢迎，陈兆海如今也一样，但他懂感恩，舍不得离开。

后来又出台了一个政策，工人的技能专家可以享受副总待遇，可以拿到年薪。这个政策出来以后更是保护了陈兆海这样的技能大师，大家都看到了希望，连年轻人也开始苦练技能，求知欲望越来越强。现在技能这条路越来越宽广，为什么要还有另外的想法?

前几年公司海南的项目比较多，可以自愿落户。有人劝陈兆海过去，说以后孩子高考四百多分就能上个好学校，陈兆海觉得自己在大连土生土长一年四季过惯了，再有，人要知道感恩，得知道你的成功是怎么来的。

不能说你命好你就成功了，这里面有好多帮助过你的人，没有企业的大平台你啥都没有。在私企，收入方面肯定多一些，但是每个人追求的方向不一样，陈兆海对自己的现状很满足，后来他又被评为高级工程师。

现在很多私企在挖陈兆海培养出来的那些年轻人，他们已经成为公司的测量主力，大家还都亲热地喊陈兆海老班长。他们有些想法也愿意跟这个老班长交流。老班长告诉他们，你们都是成年人了，都已娶妻生子，有些事情应该能分辨。

想去私企挣高薪的人，你的能力必须满足这个老板的需求，你们现在的能力不是说会干个公路，就觉得了不起了，没那么简单，私企不能就用你这点技术，私企要求很多。他们听完陈兆海的建议都留了下来，大家也是看到了陈兆海的成长经历，都对未来充满希望。

领导建议陈兆海搞一次内部测量比赛，比赛结果跟奖金挂钩，也激励年轻人好好学习。项目部落实得也快，拿了名次下个月工资就开始调整，临时工也一视同仁。想挣钱可以，你要努力。

一次陈兆海去高新园区参加交流会，当时有个做海洋防腐处理的科研单位。陈兆海看见合作方就有中国交建，他当时就找到那个经理，介绍自己是做什么的，还说了自己目前的困惑。他们互相加了微信，因为水下这方面有些困扰一直没解决，还是精度的问题。

那天陈兆海很高兴，因为他一直想找这种资源，其实高校老师有些地方可以配合他，但他们实践经验少，研究水下的人交流起来比较方便。他们也能听懂自己表达的意思，目前研究水下的比较少，这些年陈兆海一直都在钻研学习的路上，即便他取得了那么多成绩也没停止探索。

2021年『大国工匠年度人物』发布会现场合影（右三为陈兆海）

这些年来陈兆海和他的团队出色完成了五十余项重点工程的测控任务。从全国首座双层地锚式悬索桥——星海湾跨海大桥工程，到国内首例在严寒海域建设的跨海沉管隧道——大连湾海底隧道工程，陈兆海劳模创新工作室始终坚持以重点工程项目为依托，聚焦测量施工难点，着眼业内前沿技术，深挖自身潜能，学习先进技术，多项技术成果在重点工程建设中发挥了不可或缺的作用。

随着一个个工程的拔地而起，家里那个可爱的小萝卜头儿子也长成了少年。陈兆海总是在工程上，都是妈妈来照顾他，放学也都是妈妈来接他，有同学问怎么没见过你爸爸，小家伙总是那句话，我爸爸在工程上。同学好奇，他节假日也在工程上吗？对，他在工程上过节。

时间久了一些家长也好奇，怎么从来没见过这孩子的爸爸？一次语文课上老师读了小家伙的作文，他是这样表达的：我的爸爸是个很了不起的人，我们城市的跨海大桥、海底隧道、航母摇篮，好多雄伟的工程上都洒下了他的汗水，当我和妈妈在跨海大桥上行走的时候，我很自豪，节假日看到别的同学一家人出去游玩我也很羡慕，但我知道爸爸在工程上做着伟大的事，他是大国工匠，他是劳动模范，他是我人生的学习榜样。教室里一片掌声……

没有强大的制造业，就没有国家的强盛。陈兆海从1995年7月参加工作起，已经在自己的岗位上坚守了二十九年，见证了祖国工业一步步迈向大国工程的行列，他用点和线谱写了一曲大国工匠的高歌。

他凭借自己精湛的技艺、优异的成绩和勤劳拼搏的工作劲头，把一个平平无奇的测量工作，做成了不平凡的事业，不仅精练了“中国速度”，也精练了“中国精度”，展现了现代产业工人的新形象。庄子曰：“用志不分，乃凝于神”，陈兆海用实际行动很好地诠释了这八个字，让我们向大国工匠致敬！

后 记

初次结识陈兆海老师，见他个子不高总是笑呵呵的，好像一辈子都没遇到过啥愁事。我们聊他的童年、聊他的求学经历，陈兆海从小是个专注力极强的孩子，无论是上山采蘑菇还是下河抓鱼，他总能名列前茅。上小学时他就能自己做裤子，为了给哥哥做条带兜的裤子，他向邻居奶奶请教多次，为了表示感谢他还用自己那双灵巧的手帮邻居奶奶做了个小木梯。

有句老话叫“从小看大，三岁看老”，用在陈兆海身上再合适不过。那时候他用高粱秆做了一列火车，幻想着坐上火车去看看外面的世界，大厦、楼宇、桥梁、隧道……时光荏苒，多年后他竟然成为很多重大工程的参与者。

一路走来他参与了很多项目，大连港30万吨级矿石码头、大连重工香炉礁新建船坞工程、中远大连造船项目1号船坞工程、大连星海湾跨海大桥工程等，大大小小加起来超过半百。在参与的过程中他遇到过很多困难。

多数人遇到困难会皱眉，然而呢，陈兆海几乎都是兴奋的状态。他完全把困难当成自我提升的机会了，事实也是如此，他用不同的方式攻克了一个个难关，解决了一个个难题，还有那些为解决难题进行的创新和发明。与陈兆海老师交流中，不耻下问这个成语在他身上体现得淋漓尽致，他虚心向老师傅们请教，能让他在技术方面有所提升的老师傅几乎都被请教过。

如他说，把这些人的好技术好方法都掌握后，再遇到难题他就能往前冲。他向年轻的大学生请教，用最传统死记硬背的方式，先记住开头字母，再记住一个个菜单，他就用这种方式掌握了电脑软件的应用。

他向设备方请教，把人家从外地请到大连，更好地拓展了设备的应用范围。他向高校老师请教，一起探讨工程中遇到的难题。培训期间他向老师请教，参加会议期间他向同行请教，总之他见缝插针遇到机会就请教。就这样一点点积累一步步钻研，他成功了，成为一名大国工匠。

他的成功并非偶然，日复一日的重复劳动中，陈兆海始终保持着高度的专注和极大的耐心，这是他对工作饱含的热情及对技术的严格苛求。在陈兆海老师身上我看到了一种锲而不舍的伟大民族精神，面对困难不回避不怯懦，勇敢地迎上去。

在自我提升的过程中，陈兆海老师从没忘记传承。他对徒弟们用心良苦，常利用休息时间给大家讲课，课程的教材都是他自己编写。他带领徒弟们去外地打比赛，每次都能取得优异成绩。成绩背后，他们的师父陈兆海洒下了无数汗水，训练体能期间都是师父亲自陪跑，一天能跑上数公里。

在写这本书的过程中，我本人是最大的受益者。在陈兆海老师身上我看到了一种执着，看到了一个普通人通过努力完成的一个个伟业，看到了一种不屈不挠、积极向上的精神，陈兆海老师不仅是中国制造业工人的杰出代表，更是工匠精神的传承者和践行者，这不仅是他一个人的奋斗史，更是中国制造业从弱到强、从模仿到创新的缩影。他用自己的实际行动诠释了什么是“工匠精神”，愿这种精神能够激励更多的人，让我们在各自的岗位上都能脚踏实地精益求精追求卓越，为我们国家的繁荣与进步尽自己的一份力量。

张鲁镭

2025 年 3 月

图书在版编目（CIP）数据

陈兆海：给大国工程当“眼睛”/张鲁镭著.
北京：中国工人出版社，2025. 8. -- ISBN 978-7-5008-8682-2

Ⅰ. I25

中国国家版本馆CIP数据核字第20259D7N70号

陈兆海：给大国工程当“眼睛”

出 版 人	董 宽
责任编辑	傅 娉
责任校对	张 彦
责任印制	黄 丽
出版发行	中国工人出版社
地　　址	北京市东城区鼓楼外大街45号　邮编：100120
网　　址	http://www.wp-china.com
电　　话	（010）62005043（总编室） （010）62005039（印制管理中心） （010）62379038（社科文艺分社）
发行热线	（010）82029051　62383056
经　　销	各地书店
印　　刷	宝蕾元仁浩（天津）印刷有限公司
开　　本	880毫米×1230毫米　1/32
印　　张	5.75
字　　数	97千字
版　　次	2025年9月第1版　2025年9月第1次印刷
定　　价	49.00元
